D1997072

Renate Behr

sitz! platz! tot!

WERNE KRIMIREIHE 8

KOMMISSAR WISCHKAMP

Brighton Verlag ®

1. Auflage Framersheim Juli 2015

www.brightonverlag.com
info@brightonverlag.com

Satz & Covergestaltung: Ernst Trümpelmann,
unter Verwendung zweier Bilder von
©depositphotos.com/ots-photo und -vect-emirsimsek

ISBN 978-3-95876-056-1

Vorwort

Liebe Leserinnen und Leser,

dieser achte Werne-Krimi ist für mich etwas ganz Besonderes.Ich bin seit einigen Jahren Mitglied im Hundeverein Kamen-Unna 1990 e. V. In diesem Jahr feiert unser Verein also sein 25jähriges Jubiläum.

Schon einige Male wurde ich von Mitgliedern gefragt, ob ich nicht einen Werne-Krimi schreiben könnte, der irgendwie mit unserem Verein zu tun hat. Der Vorstand zeigte sich dieser Idee gegenüber sehr aufgeschlossen und deshalb habe ich mir die passende, spannende Geschichte dazu ausgedacht.

Ich möchte mich mit diesem Buch aber auch bedanken, und zwar bei allen Trainern, die mir und meinem Hund so viel Unterstützung gegeben haben. Als ich mit dem Training anfing, hatte mein Hund (Mischling aus Rumänien) Angst vor allem und jedem. Nur durch das intensive Training, die vielen guten Tipps und die Zuwendung, die Samy und ich dort erhalten haben, ist es mir gelungen, aus meinem „Angstbündel auf vier Pfoten“ in relativ kurzer Zeit einen fröhlichen, aufgeweckten und inzwischen auch recht selbstbewussten Hund zu machen.

Trainer in Hundevereinen arbeiten ehrenamtlich und setzen ihre Freizeit dafür ein, dass Hundehalter und Hunde ein besseres Verhältnis zueinander finden, und dass die Hunde gehorsam und gut erzogen werden, ohne ihren Charakter zu brechen.

Vielen Dank also an Beate, Norbert, Christoph, Silke, Beate S. und Evelyne sowie an alle erfahrenen Hundebesitzer im Verein, die mich immer wieder ermutigt haben, weiterzumachen.

Ich möchte dieses Buch aber auch ganz besonders jenen Hunden widmen, die gemeinhin als „Kampfhunde“ bezeichnet werden. Sie werden mit höheren Steuern belegt und die Hundehalter müssen eine Reihe von Auflagen erfüllen, um zum Beispiel einen Pitbull oder einen Staffordshire Terrier halten zu dürfen. Auch in diesem Roman spielt ein solcher „Staff“ eine tragende Rolle.

Aber das Problem sind ja gar nicht die Hunde oder einzelne Hunderassen. Das größte Problem steht am anderen Ende der Leine und heißt Mensch. Kein Hund, welcher Rasse er auch immer angehören mag, wird als aggressiver Kampfhund geboren. Die Menschen sind es, die ihn mit teilweise mehr als fragwürdigen und oft kriminellen Ausbildungsmethoden dazu machen. Und diese Ausbildungsmethoden machen aus jedem Hund irgendwann eine Beißmaschine, die ihren gesamten Frust, ihre Angst vor Schmerzen und Strafen und alle anerzogenen Aggressionen auch gegen Menschen richtet.

Im Grunde, und das weiß jeder Hundefreund, sind alle Hundewelpen zunächst aufgeschlossen und freundlich, lieben ihre Menschen und vertrauen ihnen blind. Nur dadurch, dass dieses Vertrauen enttäuscht und missbraucht wird, entwickeln sie sich in die falsche Richtung.

Hoffen wir also, dass es in Zukunft gelingen wird, illegalen Hundetrainern und Ausbildungsstätten das Handwerk zu legen. Dann können auch Pitbulls und Staffs endlich wieder das sein, was im Wesentlichen ihre Natur ist – der beste Freund des Menschen.

Renate Behr, anno 2015

Werne an der Lippe ist eine beschauliche Kleinstadt mit etwa 37.000 Einwohnern. Auch Kriminalkommissar Jens Wischkamp lebt hier mit seiner Frau Silvie und der kleinen Tochter Anna.

Doch so harmlos, wie es auf den ersten Blick aussieht, ist das Städtchen Werne nicht. Einige schlimme Untaten haben den Kommissar immer wieder in heikle Situationen gebracht.

Bei der Kreispolizeibehörde Unna ist Jens Wischkamp auch zuständig für Kapitalverbrechen, die sich in seiner Heimatstadt ereignen. Unterstützt wird er bei seinen Ermittlungen durch seine Kollegin Verena Schneider im Innendienst und natürlich auch durch die zahlreichen uniformierten Polizeibeamten der Werner Polizeiwache. Zu einigen von ihnen hat Jens Wischkamp im Laufe seiner Tätigkeit eine echte Freundschaft entwickelt.

Auch mit dem Dortmunder Gerichtsmediziner Dr. Gerd Leinemann verbindet Jens Wischkamp viel. Gemeinsam sind sie schon manchem Täter auf die Spur gekommen.

Im aktuell achten Fall der Werne Krimireihe ist Jens Wischkamp wieder auf die Hilfe und Unterstützung seiner Kollegen und Freunde angewiesen, die sich in der Vergangenheit schon so oft als hilfreich erwiesen haben.

Das ist doch alles Kinderkram!«
Wütend knallte Tobias Hahnemann den Controller seiner Spielekonsole auf das Sofa. Sein Freund Kevin Brückner sah ihn verwundert an.

»Was ist denn mit dir nicht in Ordnung? Kannst du es wieder mal nicht vertragen, dass ich gewinne?«

»Ach was. Das ist mir doch scheißegal. Aber wir hängen hier rum und ballern auf irgendwelche Fantasiegestalten, bloß um die Zeit rumzukriegen. Wird Zeit, dass im echten Leben mal was passiert.«

»Was meinst du denn jetzt damit?«

Kevin verstand seinen Freund mal wieder nicht. Klar, er wusste, dass Tobias es nicht leiden konnte, zu verlieren. Manchmal ließ er ihn deshalb bei den Spielen gewinnen. Aber so ausgerastet wie heute war Tobias noch nie.

In diesem Augenblick ging die Zimmertür auf und Frau Hahnemann schaute herein. Sofort brüllte Tobias:

»Kannst du nicht anklopfen? Das ist mein Zimmer, da hast du nichts verloren.«

Elisabeth Hahnemann zog den Kopf ein. Sie war es gewohnt, von ihrem Sohn angebrüllt zu werden. Aber normalerweise machte er das nur, wenn sie alleine waren. Es war ihr peinlich, dass Kevin das mitbekam.

»Tobi, bitte. Peer kommt gleich nach Hause und du hast noch immer nicht den Rasen gemäht. Kannst du das nicht eben erledigen, damit es nicht schon wieder Streit gibt?«

Aufgebraucht sah Tobias seine Mutter an.

»Ich habe dir schon tausend Mal gesagt, der Kerl hat mir gar nichts zu sagen. Wenn du unbedingt mit ihm ins Bett steigen musst, bitte, deine Sache. Aber er soll endlich damit aufhören, für mich den Vater zu spielen. Er ist nämlich nicht mein Vater.«

Elisabeth seufzte. Seit sie Peer Wessels kennengelernt hatte, gab es Streit zwischen ihrem Freund und ihrem Sohn. Tobias fand sich einfach nicht damit ab, dass ein anderer Mann den Platz seines Vaters eingenommen hatte. Dabei hatte Franz-Josef Hahnemann Frau und Kind verlassen, als Tobias erst drei Jahre alt gewesen war. Viele Jahre lang hatte es für sie nur den Sohn gegeben. Dann traf sie Peer und verliebte sich wie ein Schulmädchen. Sie hatte doch ein Recht darauf, wieder einen Mann an ihrer Seite zu haben. Und Peer las ihr wirklich jeden Wunsch von den Augen ab. Nur, wenn es um Tobias ging, war er unnachgiebig.

»Du verwöhnst den Bengel ohne Ende. Der hat mal eben seinen Hauptschulabschluss geschafft. Nicht, weil er zu blöd wäre, nein, er ist einfach stinkfaul. Vor drei Wochen hat er seine Ausbildung geschmissen, ein halbes Jahr vor der Prüfung. Und jetzt hängt er nur noch hier herum und lebt auf deine Kosten. Das kann so einfach nicht weitergehen, das musst du doch endlich einsehen. Er muss lernen, Verantwortung für sein eigenes Leben zu übernehmen.«

So oder so ähnlich hatte Peer sich schon unzählige Male geäußert. Tief in ihrem Inneren wusste Elisabeth, dass er recht hatte damit. Aber Tobi war doch ihr Sohn, den sie über alles liebte. Es fiel ihr schwer, streng zu sein. Sie wollte Tobi einfach nicht verlieren. Zu oft hatte er ihr angedroht, einfach abzuhauen.

»Auf der Straße zu leben, ist mit Sicherheit drei Mal besser als mit diesem Typen unter einem Dach«, waren seine Worte gewesen.

Elisabeth seufzte.

»Dann mach es doch bitte mir zuliebe, Tobi. Ich möchte einmal einen friedlichen Abend erleben.«

»Friedlichen Abend? Das kannst du haben. Komm, Kevin, wir hauen ab.«

Er ging an seiner Mutter vorbei, die Tränen in den Augen hatte. Kevin Brückner folgte dem Freund wortlos mit einem Achselzucken. Tobi riss seine Jacke von der Garderobe und schlug die Haustür mit einem lauten Knall hinter sich zu.

»Und was hast du jetzt vor?», fragte Kevin.

«Wir gehen erst mal zur Tanke und holen uns ein Sixpack. Kann ich heute Nacht bei dir pennen?«

Kevin nickte. Seine Eltern waren nicht da, also war das kein Problem.

»Aber nur diese Nacht. Morgen kommen meine Alten zurück und du weißt, wie die über dich denken. Du bist noch nicht volljährig, die würden dich postwendend wieder nach Hause schicken.«

»Ja, ich weiß. Dein Alter hat mir ja sogar schon mal mit Jugendamt und Polizei gedroht. Ich weiß wirklich nicht, was der eigentlich gegen mich hat.«

Kevin wusste das ganz genau. Seine Eltern waren der Ansicht, Tobias sei nicht der richtige Umgang für ihn. Eigentlich war Kevin nämlich ein ganz ordentlicher und recht fleißiger junger Mann. Er arbeitete in einem Supermarkt und hatte gute Aussichten, nach seinem Praktikum dort einen Ausbildungsplatz zu bekommen. Sogar das Abitur hatte er mit Mühe und Not geschafft. Tobias hatte dafür nur ein geringschätziges Grinsen übrig gehabt.

Er war gerade fünfzehn gewesen, als er Kevin das erste Mal traf. Kevin war zwar drei Jahre älter als er, aber er war ein Schwächling, der bei körperlichen Auseinandersetzungen immer den Kürzeren zog. Tobias hingegen ging keiner Rauferei aus dem Weg. Er war kräftig gebaut und setzte seine körperliche Überlegenheit gerne und oft ein. Es war hinter dem Bahnhof gewesen, wo er beobachtete, wie zwei größere Jungen auf Kevin einprügelten. Normalerweise wäre ihm das vollkommen gleichgültig gewesen. Aber er hatte eben mal wieder einen heftigen Streit mit dem Kerl seiner Mutter gehabt und wollte sich abreagieren. Also griff er ein. Es dauerte nicht lange, da zogen die Angreifer sich zurück, einer mit einem blauen Auge und einer Platzwunde im Gesicht, der andere mit einer gebrochenen Nase. Er half Kevin auf die Beine.

»Mann, die hast du aber fertiggemacht.«

Kevin sah den ihm völlig unbekannten Jungen bewundernd an.

»Ach, das war doch nichts. Jetzt mach, dass du nach Hause kommst, bevor die sich entschließen, noch mal wieder zu kommen.«

»Willst du nicht mitkommen?«

Kevin stellte diese Frage beinahe ängstlich.

»Hast wohl Schiss, dass die dich abpassen, wie?«

Kevin nickte. Da Tobias ohnehin nicht wusste, was er machen sollte, ging er mit. Die Brückners wohnten in einer Eigentumswohnung am Werner Stadtwald.

»Meine Eltern sind nicht da. Möchtest du was trinken?«

»Ja, ich nehme ein Bier.«

Kevin zögerte. Seine Eltern mochten es nicht, wenn er Alkohol trank und eigentlich vertrug er auch gar nichts. Aber er wollte sich vor Tobias keine Blöße geben, also nahm er zwei Flaschen Bier aus dem Kühlschrank und ging mit Tobias in sein Zimmer.

Tobias sah sich um. Alle super aufgeräumt, dachte er. Der sollte mal meine Bude sehen.

»Sag mal, Tobias, wie alt bist du eigentlich?«

»Fünfzehn, warum?«

Kevin wurde etwas blass.

»Dann darfst du ja eigentlich noch gar keinen Alkohol trinken, oder?«

»Und wer will mir das verbieten? Du etwa?«

Kevin schüttelte den Kopf.

»Ich dachte ja nur. Und was machst du so?«

»Willst du mich ausfragen? Aber was solls. Ich häng halt so rum. Eigentlich mache ich eine Ausbildung zum Kfz-Mechaniker. Aber heute hatte ich keine Lust, also mache ich blau. Und du?«

»Ich geh noch zur Schule. Nächstes Jahr mache ich mein Abi und danach eine Lehre, denke ich. Mein Vater hat ganz gute Verbindungen zu einem Supermarkt hier in Werne. Da habe ich schon mein Schulpraktikum gemacht. Vielleicht fange ich ja da an.«

Tobias rümpfte die Nase.

»Ein Klugscheißer also. Abitur. Wer braucht denn so was?«

Bald wurde es ihm langweilig mit Kevin, der offensichtlich vor allem und jedem Angst hatte. Trotzdem trafen sich die Jungen immer häufiger. In Kevins Schule hatte es sich rasch herumgesprochen, dass er mit Tobias Hahnemann befreundet war. Deshalb ließ man ihn in Ruhe. Mit Tobias legte sich niemand gerne an.

Das Ganze war jetzt zwei Jahre her und wider Erwarten hatte sich zwischen Tobias und Kevin so etwas wie eine echte Freundschaft entwickelt. Wenn überhaupt jemand in der Lage war, Tobias mal gründlich die Meinung zu sagen, war es Kevin. Das versuchte er auch jetzt.

»Sag mal, Tobias, warum bist du eigentlich so fies zu deiner Mutter? Ich meine, sie hat doch immer alles für dich getan. Das hast du mir selbst erzählt. Jetzt behandelst du sie aber wie den letzten Dreck.«

»Du hast doch keine Ahnung. Seit sie diesen Typen kennengelernt hat, bin ich doch nur noch Nebensache. Alles muss so passieren, wie Peer es will. Die macht sich für den Kerl komplett zum Affen. Es wird Zeit, dass der wieder verschwindet.«

»Glaubst du denn, er wird deine Mutter verlassen?«

»Nee, freiwillig sicher nicht. Da muss ich wohl ein bisschen nachhelfen.«

»Wie willst du das denn anstellen?«

»Vielleicht reicht es ja, wenn ich genügend Stress mache. Irgendwann muss der doch mal die Nase voll haben von der ewigen Streiterei. Und wenn nicht? Weiß ich auch noch nicht, aber mir fällt bestimmt etwas ein. Diesen Scheiß mit seinen Erziehungsversuchen mache ich jedenfalls nicht mehr mit, so viel steht fest. Stell dir mal vor, wir hätten solche Ballerwaffen wie in unserem Spiel. Damit könnte ich ihn pulverisieren und niemand würde erfahren, wo er abgeblieben ist.«

Kevin blieb fast das Herz stehen.

»Das meinst du aber jetzt nicht ernst, oder? Du würdest ihn nicht wirklich umbringen?«

Tobias überlegte einen Moment. Der Gedanke war ihm gerade erst gekommen, aber das sollte er nicht unbedingt vor Kevin zu Ende denken.

»Natürlich nicht. Bin doch kein Killer. Aber die Vorstellung hat schon was, findest du nicht? Mit einer solchen Knarre könnte man sich alle Probleme einfach aus der Welt pusten. Hast du nicht auch jemanden, der dir gehörig auf die Eier geht?«

»Schon, aber deshalb würde ich ihn ja nicht umbringen wollen. Du willst das bestimmt auch nicht. Du machst doch nur Spaß?«

Dieser Satz kam leicht fragend und Tobias beruhigte seinen Freund.

»Klar mache ich nur Spaß. Jetzt lass uns unser Bierchen trinken und den ganzen Kram vergessen. Morgen gehe ich nach Hause und wenn der Kerl mir wieder quer kommt, haue ich endgültig ab.«

»Abhauen? Wohin denn?«

»Hab ich mir schon überlegt. Mein Vater hat einen Bruder. Der lebt in Hamburg. Sag mal, können wir nicht mal im Internet gucken, ob wir seine Adresse rauskriegen. Ich glaube, ich würde meinen Onkel Walter gern mal besuchen. Ich kann mich zwar nicht an ihn erinnern, aber es wäre cool, mal ein paar Tage nach Hamburg zu fahren.«

»Hast du denn Geld genug für eine Fahrkarte?«

»Ich? Geld? Nee, aber ich weiß, wo meine Mutter das Haushaltsgeld aufbewahrt. In der Büchse ist immer genug Geld. Das wird für eine Fahrkarte nach Hamburg sicher reichen. Wenn ich erst da bin, wird sich Onkel Walter schon um mich kümmern.«

»Du beklaust deine Mutter?«

Kevin war entsetzt, aber Tobias ging über diesen Einwurf mit einem verächtlichen Schulterzucken hinweg. Langsam aber sicher reifte in

Kevin die Erkenntnis, dass seine Eltern vielleicht doch nicht so unrecht hatten, als sie ihm den Umgang mit Tobias verbieten wollten. Trotzdem hatte er ihn mit zu sich nach Hause genommen und kurze Zeit später steckten die so ungleichen Freunde die Köpfe zusammen und suchten am PC nach Walter Hahnemann in Hamburg.

***

Elisabeth Hahnemann stützte den Kopf in die Hände. Tobias war über Nacht nicht nach Hause gekommen. Peer hatte nur mit den Achseln gezuckt und gemeint:

»Dann haben wir endlich mal einen ruhigen Abend für uns allein. Der kommt schon wieder, wenn er Hunger hat, glaub mir.«

Aber Tobias kam nicht. Elisabeth fragte sich, wo ihr Sohn wohl sein mochte. Inzwischen wusste sie, dass er bei Kevin übernachtet hatte, aber mehr war aus Kevin Brückner nicht herauszubekommen. Sie stand auf, nahm ihre Jacke und ihre Geldbörse und zog sich die Schuhe an. Es half ja nichts. Sie musst einkaufen, das Essen kochen und einfach darauf vertrauen, dass Peer recht hatte und Tobias zum Abendessen wieder da war.

Als Elisabeth vom Einkaufen zurückkam, schaute sie in Tobias Zimmer. Die Schränke waren aufgerissen und seine Reisetasche war fort. Sie erschrak. Machte er jetzt wirklich ernst und ging ganz von zuhause weg? Tränen stiegen ihr in die Augen. Vielleicht hätte sie sich doch wieder von Peer trennen sollen. Dann wäre ihr Junge jetzt bestimmt noch da. Aber dann rief sie sich energisch zur Ordnung. Sie hatte das Recht auf ein eigenes Leben und etwas Glück. Vielleicht taten ein paar Tage Alleinsein ohne die Annehmlichkeiten im Hotel Mama dem Jungen ja mal ganz gut. Sie überlegte, ob Tobi überhaupt Geld hatte. Sein Taschengeld war jetzt gegen Ende des Monats doch bestimmt schon ausgegeben. Warum sie es tat, wusste sie selbst nicht zu sagen. Aber ganz mechanisch ging Elisabeth Hahnemann in die Küche und griff nach der gelben Blechdose auf dem Küchenschrank. Darin befand sich ihre eiserne Reserve. Was auch immer sie vom Haushaltsgeld abzweigen konnte, wanderte in die Dose aus ihren Kindertagen. Sie sparte auf einen Urlaub mit Peer. Als Elisabeth die Dose öffnete, wurden ihre Knie weich. Bis auf ein paar Münzen war die Dose leer. Fast eintausend

Euro hatten sich darin befunden. Tobias, schoss es ihr durch den Kopf und Zorn stieg in ihr auf. Das Geld konnte nur Tobias genommen haben, aber dazu hatte er kein Recht. Das war ihr Geld. Vorbei der Traum von einem Urlaub. Sie griff zum Telefon, um Peer anzurufen, überlegte es sich dann aber wieder anders. Peer wusste ja nicht, dass sie Geld gespart hatte. Warum also wieder einen neuen Streit provozieren? Aber Tobias würde ihr das Geld wiedergeben müssen, so viel war sicher. Es wurde wirklich Zeit, dass er endlich einmal die Konsequenzen seines leichtsinnigen und unvernünftigen Handelns zu spüren bekam. Dass ihr Sohn langsam eine kriminelle Energie zu entwickeln schien, dieser Gedanke kam Elisabeth gar nicht.

***

Als Tobias auch am dritten Tag nicht aufgetaucht war und kein Lebenszeichen von sich gegeben hatte, wurde selbst Peer Wessels etwas nervös. Schließlich war der Junge noch nicht einmal volljährig und Elisabeth hatte als Mutter so etwas wie eine Aufsichtspflicht.

»Lass uns zur Polizei gehen, Betty«, sagte er. »Ich glaube zwar nicht, dass Tobias etwas zugestoßen ist. Aber ich möchte mir auch nie Vorwürfe machen müssen, dass ich etwas hätte tun können und es nicht getan habe.«

Elisabeth Hahnemann war blass geworden, aber sie nickte. Auch sie hatte schon daran gedacht, den Sohn als vermisst zu melden, sich aber nicht getraut, Peer diesen Vorschlag zu machen.

Wenig später saßen sie in der Polizeiwache am Werner Bahnhof.

»Seit wann ist der Junge denn weg?«, fragte der Beamte.

»Seit drei Tagen und er hat sich auch nicht bei uns gemeldet. Sein Handy ist aus. Das Letzte, was ich weiß, ist, dass er eine Nacht bei seinem Freund Kevin Brückner war. Er muss dann noch einmal kurz zuhause gewesen sein, um seine Tasche zu packen.«

»Hat ihr Sohn Bargeld dabei?«, fragte der Polizist.

Peer Wessels lachte auf.

»Bargeld? Ich wüsste nicht, woher er das haben sollte. Oder hast du ihm wieder mal was zugesteckt?«

Fragend sah er seine Lebensgefährtin an und die zog gleich den Kopf etwas ein.

»Nein, ja, also, ich habe ihm nichts gegeben. Aber ich glaube, er hat etwas Geld aus der Haushaltskasse genommen.«

»Das ist doch wohl nicht wahr. Wieso hast du mir das denn nicht gesagt?«

»Weil du dich immer gleich so aufregst. Ich bin sicher, Tobi gibt mir das Geld zurück, wenn er wieder da ist.«

Auf Peer Wessels Gesicht erschien ein ironisches Grinsen. Er war sich sicher, dass Tobias das Geld niemals zurückgeben würde.

»Haben Sie irgendeine Ahnung, wohin Ihr Sohn gegangen sein könnte? Gibt es andere Familienangehörige? Was ist denn mit seinem Vater?«

Elisabeth schüttelte den Kopf.

»Wo sein Vater ist, weiß ich gar nicht. Er hat wieder geheiratet. Er hat uns ja schon verlassen, als Tobi gerade drei Jahre alt war. Unterhalt hat er auch nicht bezahlt. Ich glaube sogar, dass er gar nicht mehr in Deutschland ist. Er hat immer davon gesponnen, auszuwandern. Dann ist da noch der Bruder seines Vaters, Walter. Der lebt in Hamburg, aber Tobi kennt ihn ja gar nicht. Ich weiß nicht mal, ob er überhaupt weiß, dass er einen Onkel hat.«

»Gut, das sind zumindest ein paar Anhaltspunkte. Wir werden erst einmal mit diesem Kevin Brückner reden. Und dann versuchen wir, Ihren Ex-Mann und seinen Bruder aufzuspüren. Auf jeden Fall geht die Vermisstenmeldung an alle Dienststellen und wir beziehen den Bundesgrenzschutz mit ein. Die Kollegen sind ja unter anderem auch im Bereich der Bahnhöfe tätig. Vielleicht ist Ihr Sohn jemandem aufgefallen. Es sieht ja alles danach aus, als sei er freiwillig verschwunden. Ich mache Ihnen keine allzu großen Hoffnungen, dass wir ihn schnell finden können. Manche Jugendliche leben jahrelang unerkannt auf der Straße.«

Elisabeth traten die Tränen in die Augen, aber sie nickte.

»Er hat mal so was erwähnt. Wissen Sie, mein Lebensgefährte und Tobias geraten häufig aneinander. Und da hat er mir einmal angedroht, dass er lieber auf der Straße leben würde als weiter mit Peer unter einem Dach. Aber das habe ich ja gar nicht so ernst genommen. Tobi ist sehr bequem, wissen Sie. Er würde doch nicht bei Wind und Wetter draußen bleiben, wenn er ein gemütliches warmes Zimmer hat.«

Der Beamte nickte verständnisvoll, aber er wusste, dass die Realität oft anders aussah. Trotzdem wollte er die Mutter nicht noch mehr verängstigen, als sie es ohnehin schon war.

»Wir melden uns bei Ihnen, wenn wir etwas in Erfahrung bringen. Gehen Sie am besten nach Hause. Vielleicht meldet Ihr Sohn sich ja noch. Dann sollten Sie uns aber umgehend informieren.«

***

Etwas unschlüssig stand Tobias Hahnemann vor dem Reisecenter im Dortmunder Hauptbahnhof. Von Werne nach Dortmund hatte er eine Fahrkarte am Automaten gezogen. Aber jetzt brauchte er ja die Fahrkarte nach Hamburg, die musste er wohl am Schalter kaufen. Der Zug fuhr in einer knappen Stunde. Zeit genug also, um noch etwas Proviant für die Reise zu kaufen. Vierzig Minuten später saß er mit einem Burger in der Hand auf der Bank am Bahnsteig 3. Mit dem Intercity brauchte er nur wenige Stunden bis nach Hamburg. Ob Onkel Walter sich freuen würde, ihn zu sehen? Ein wenig mulmig war Tobias schon zumute. Aber letztendlich war das alles doch total egal. Er kam erst mal weg aus dem miefigen kleinen Nest und weg von dem Idioten Peer Wessels. Alles andere regelte sich dann schon. Als die Vermisstenmeldung beim Bundesgrenzschutz in Dortmund einging, saß Tobias bereits im Zug.

***

Es war ein strahlend schöner Sommertag. Die Vögel zwitscherten und zwischendurch hörte man fröhliches Kinderlachen. Jens Wischkamp, Kriminalkommissar bei der Kreispolizeibehörde in Unna, genoss das Sonntagsfrühstück mit Frau und Töchterchen Anna auf der Terrasse.

»Schön, so ein freier Sonntag«, sagte er und reckte sich genüsslich. »Haben wir heute etwas vor?«

Silvie schüttelte den Kopf.

»Eigentlich nicht. Spazierengehen mit Anna, vielleicht auf den Spielplatz.«

Die kleine Anna hatte ihren Namen gehört und spähte vorsichtig über das Gitter des Laufstalls. So ganz allein laufen konnte sie noch nicht, deshalb blieb sie während des Frühstücks in einer sicheren Umgebung. Jetzt aber hob Jens seine Tochter heraus.

»Spazierengehen möchtest du also, kleine Prinzessin?«

Es kam ein energisches »Ja« aus den kleinen Mund. Einige Worte sprach Anna mit ihren elf Monaten schon recht deutlich. Ja und Nein gehörten dazu und sie kannte den Unterschied ganz genau. Silvie lachte.

»Na, dann ziehe ich sie mal an und dann können wir los. Hast du die Sonntagszeitung gelesen?«

Jens nickte.

»Da ist heute Tag der offenen Tür beim Hundeverein an der B54. Ich dachte, wir könnten da mal vorbeischauen. Es gibt Vorführungen und etwas vom Grill. Dann müsste ich auch nicht kochen.«

Jens schmunzelte. Er wusste, warum Silvie genau dorthin wollte. Schon seit einiger Zeit versuchte sie, ihn davon zu überzeugen, wie gut es für Anna wäre, wenn sie einen Hund im Haus hätten. Er war ja auch nicht wirklich dagegen. Aber ihm erschien seine Tochter noch zu klein. Sie nahm Silvies ganze Zeit in Anspruch und wenn dann noch ein Hundebaby dazukam, könnte das vielleicht zu viel werden. Silvie wischte solche Bedenken in der Regel einfach mit einem Schulterzucken beiseite. Bis jetzt hatte er sich durchsetzen können, aber es schien ihm, als liefe seine Zeit ab. Er zuckte also mit den Schultern und meinte:

»Wir können ja mal schauen. Übrigens, Schatz, das ist ein Hundeverein, keine Hundevermittlung.«

Silvie knuffte ihm in die Seite.

»Das weiß ich doch. Aber vielleicht können wir ja mal fragen, was für Hunde am besten für unsere Familie geeignet sind. Dann wissen wir schon einmal, wonach wir uns demnächst umsehen können.«

Jens nickte und ergab sich in sein Schicksal. Er wusste genau, dass der vierbeinige Hausgenosse nicht mehr lange auf sich warten lassen würde. Auch, wenn er immer noch nicht so ganz damit einverstanden war, wollte er seiner Frau diesen Wunsch nicht abschlagen. Schließlich war ja auch sie es, die die ganze Arbeit haben würde. Wie sagte sein Vater früher immer: Des Menschen Wille ist sein Himmelreich. Manchmal haben Väter wohl recht, dachte er. Schauen wir uns also einmal einen Hundeverein an. Vielleicht wollte Silvie ja dann dorthin gehen, um mit dem Hund zu trainieren. Deshalb musste man das Gelände schon einmal genau in Augenschein nehmen. Nicht nur wegen des Hundes, sondern auch, ob es kindersicher war.

***

Tobias stand vor einem großen roten Backsteinhaus im Hamburger Stadtteil St. Georg. Er hatte sich vom Bahnhof aus ein Taxi genommen und nun fragte er sich, wie er seinem Onkel gegenübertreten sollte. Er kannte ihn ja gar nicht und in der Familie war Walter Hahnemann nie ein Thema gewesen. Egal, dachte Tobias, mehr als rauschmeißen kann er mich ja nicht, und drückte beherzt auf die Klingel. Eine Weile passierte gar nichts, dann brummte der Türöffner und Tobias trat in den dunklen Hausflur. Breite Steinstufen führten ein halbes Geschoss hinauf bis zu einer mit Schnitzereien verzierten Eingangstür. Die öffnete sich jetzt und Tobias musste schlucken. Vor ihm stand eine rothaarige Frau, die außer einem dünnen Seidenmorgenmantel nicht viel anhatte. Verwundert und mit leicht gerunzelter Stirn sah sie den Jungen an, der offensichtlich den Blick nicht von ihren Brüsten lösen konnte, die durch den dünnen Stoff schimmerten.

»Was ist?«, fragte sie herrisch. Tobias räusperte sich.

»Ich bin, eh, ich möchte«, weiter kam er nicht.

»Kannste noch mehr als stottern, Jüngelchen? Was willst du hier?«

In diesem Moment tönte aus der Wohnung eine dunkle Männerstimme.

»Bea, wer ist denn da?«

Achselzuckend wandte sie sich um und rief zurück:

»Keine Ahnung, Walter. Hier steht so'n junger Bengel vor der Tür und stottert. Komm mal nach vorn, bevor dem die Augen rausfallen.«

Dann drehte sie sich um und ließ Tobias stehen. Der hatte sich inzwischen wieder etwas gefasst, wurde aber gleich wieder nervös, als Walter Hahnemann in der Korridortür erschien. Er war groß und breit. Auf seinen muskelbepackten Oberarmen waren mehr Tätowierungen als Haut zu sehen. Er trug einen Ohrring und sein Kopf war kahl geschoren. Mit einem leichten Stirnrunzeln betrachtete er den jungen Burschen, der offensichtlich von seinem Äußeren ziemlich eingeschüchtert war. Seine Stimme klang deshalb eine Spur freundlicher als zuvor.

»Na, min Jung. Was ist denn los? Suchst du wen?«

Tobias nickte. Dann nahm er all seinen Mut zusammen.

»Sind Sie, ich meine, bist du Walter Hahnemann?«

Der Mann nickte.

»Dann bist du mein Onkel und ich wollte dich mal besuchen.«

»Wat bin ich? Dein Onkel? Du meinst, du bist das Gör von Franz-Josef, meinem feinen Herrn Bruder?«

Tobias nickte. Er hatte sich den Empfang hier in Hamburg etwas anders vorgestellt. Walter sah, wie es im Gesicht des Jungen arbeitete. Er reichte ihm die Hand.

»Na, dann komm mal rein. Wie heißt du eigentlich?«

»Tobias«, kam die leise Antwort.

Walter drehte sich um und hob die Stimme:

»Bea, beweg deinen Arsch und bring dem Jungen und mir was zu trinken.«

Dann schob er Tobias in eine große Wohnküche, wo Bea, offensichtlich Walters Freundin, am Schrank lehnte und rauchte.

»Bier?«, fragte sie.

Walter sah seinen Neffen fragend an. Der nickte und also nickte Walter auch.

»Setz dich und erzähl mal, wie du mich gefunden hast. Dein Vater wird dir wohl kaum gesagt haben, wo ich bin.«

»Nee, kann er ja auch nicht. Er ist abgehauen, da war ich noch nicht mal drei. Ich kenne den gar nicht.«

»Ach, das ist ja interessant. Der korrekte Herr Hahnemann lässt also Frau und Kind im Stich und verschwindet sang- und klanglos. Und deine Mutter? Hat die dich hergeschickt?«

Tobias schüttelte den Kopf.

»Ich wusste, dass mein Vater einen Bruder hat. Aber immer, wenn ich versucht habe, meine Mutter danach zu fragen, ist sie ausgewichen. Nur, dass du wohl damals, als sie geheiratet haben, in Hamburg im Knast warst…«

Tobias unterbrach sich selbst erschrocken. Das war bestimmt kein guter Einstieg, seinen Onkel an das Gefängnis zu erinnern. Der jedoch begann lauthals zu lachen.

»Und da hast du dir gedacht, wer in Hamburg im Knast sitzt, wird wohl auch in Hamburg wohnen, oder was?«

Tobias nickte vorsichtig.

»Ich habe im Internet recherchiert und herausgefunden, dass du eine Bar auf St. Pauli hast. Da habe ich einfach angerufen und gesagt, ich müsste etwas an dich ausliefern, hätte mir aber die Adresse nicht richtig notiert. Die haben sie mir sofort gegeben und dann habe ich vom Bahnhof aus ein Taxi genommen und da bin ich jetzt.«

Ohne Punkt und Komma hatte Tobias geredet und sah seinen Onkel jetzt vorsichtig an. Wie der wohl reagieren würde? Aber Walter grinste.

»Ganz schön clever. Von deinem Vater hast du das bestimmt nicht. Das war ein Erbsenzähler, für den eine Notlüge schon ein Schwerverbrechen war. Weiß deine Mutter denn, dass du hier bist?«

Tobias schüttelte den Kopf.

»O.k., mein Junge, das geht gar nicht. Ich kann mir im Augenblick keinen Ärger mit den Bullen leisten und volljährig biste ja wohl noch nicht, oder?«

»Ich bin siebzehn«, kam die kleinlaute Antwort.

Walter griff hinter sich und drückte Tobias ein Festnetztelefon in die Hand.

»Ruf sie an, sag ihr, dass du bei mir bist und dann kannste gern ein paar Tage bleiben.«

»Muss das sein? Die hat bestimmt noch gar nicht gemerkt, dass ich weg bin. Seit die vor ein paar Wochen ihren neuen Macker kennengelernt hat, interessiert es sie doch nicht die Bohne, was ich mache und wo ich bin.«

»Kann ja alles sein, aber ohne ihre Erlaubnis setze ich dich postwendend in den nächsten Zug nach Hause.«

»Kannst du das vielleicht machen? Wenn du sie fragst, ob ich ein paar Tage bei dir bleiben kann, sagt sie bestimmt ja. Im Grunde ist sie doch froh, mich los zu sein.«

»Typisch Hahnemann, reichst du einem einen kleinen Finger, ist der Arm ab.«

»Du musst das ja wissen, du bist doch selbst ein Hahnemann«. Tobias wurde langsam mutiger und konterte schnell. Einen Moment stutzte Walter, dann begann er, grölend zu lachen.

»Tja, wo du recht hast, hast du recht. Also gib her das Telefon. Ich bin schon gespannt, wie Lisbeth reagiert.«

Tobias musste grinsen. Seine Mutter mochte es gar nicht, wenn sie mit Lisbeth oder Elisabeth angesprochen wurde. Seit sie Peer Wessels kannte, bestand sie darauf, Betty genannt zu werden. Wortlos reichte er seinem Onkel das Telefon.

***

Elisabeth Hahnemann sprang auf, als das Telefon klingelte. Die Stimme am anderen Ende der Leitung weckte unangenehme Erinnerungen.

»Hallo, Lisbeth, hier ist dein lieber Schwager Walter. Wie geht es dir denn so?«

»Walter? Wie komme ich denn zu der Ehre? Du hast dich ja ewig nicht mehr gemeldet?«

»Wundert dich das? Schließlich wart ihr es doch, die damals jeden Kontakt zu mir abgebrochen haben.«

»Das musst du ja wohl verstehen, du warst damals schließlich richtig kriminell. Du hast ja sogar im Gefängnis gesessen.«

»Ja, das hab ich. Aber, meine liebe Lisbeth, ich habe jedenfalls nicht Frau und Kind verlassen und mich klammheimlich ins Ausland abgesetzt wie mein lieber Bruder Franz-Josef. Ich bin ein ehrbarer Geschäftsmann geworden hier in Hamburg. Auf dem Kiez kennt jeder Walter Hahnemann.«

»Auf dem Kiez, na klar. Du hattest doch damals schon immer die Finger in diesen Sexschuppen auf St. Pauli. Und ehrbarer Geschäftsmann? Dass ich nicht lache. Aber lass gut sein. Was willst du denn jetzt auf einmal von mir? Ich habe wirklich andere Sorgen im Augenblick, als mich mit dir zu beschäftigen.«

»Andere Sorgen? Etwa mit deinem Sohn?«

»Tobias? Was weißt du denn von Tobias? Der Kontakt zwischen uns war doch schon längst abgebrochen, als ich schwanger wurde.«

»Daran musst du mich nicht extra erinnern. Ich weiß noch sehr gut, wie mein Bruder mich damals vor der ganzen Familie und allen euren ach so ehrbaren Freunden auf eurer Hochzeitsfeier aus dem Haus geworfen hat. Und was ich von meinem Neffen weiß? Nun, alles, was er mir bis jetzt so erzählt hat. Er sitzt mir nämlich gegenüber.«

»Tobias ist bei dir? Das geht ja gar nicht. Ich will ihn sofort sprechen.«

»Kannst du ja gleich. Aber wie mir scheint, gibt es bei euch zuhause wohl eine Menge Probleme. Der Junge ist ja völlig durch den Wind. Lass ihn ein paar Tage hier bleiben. Ich verspreche, ich setze ihn am Wochenende in den Zug nach Hause.«

Elisabeth zögerte einen Moment. Der Gedanke, dass Tobias ja eigentlich ganz gut versorgt zu sein schien und sie noch ein paar ruhige Tage mit Peer genießen könnte, war wirklich verlockend. Da erklang schon wieder Walters Stimme.

»Mensch, Lisbeth. Sei doch nicht so. Was zwischen uns war, da kann doch der Junge nichts für. Ich habe mich wirklich gefreut, ihn kennenzulernen. Vielleicht kann ich ja sein Weltbild ein bisschen grade rücken und so sogar helfen, eure Probleme zu beseitigen. Und wenn nicht, was schadet es, wenn er sich Hamburg ansieht? Du kannst dich darauf verlassen, dass ich ihn nicht mit auf den Kiez nehme, ehrlich.«

Walter war ein wenig erstaunt über sich selbst. Jetzt, wo er es ausgesprochen hatte, fühlte er plötzlich, dass es stimmte. Er freute sich wirklich über den Besuch seines Neffen. Seine ganze Familie hatte ihn damals wegen der Gefängnisstrafe gemieden. Und jetzt war da plötzlich jemand, der sich für ihn interessierte, jemand aus seiner Familie. Das fühlte sich gut an.

Elisabeth hatte eine Weile nichts gesagt, nur schwer geatmet.

»Gib mir meinen Sohn«, verlangte sie jetzt streng.

Walter zuckte mit den Schultern und reichte Tobias das Telefon.

»Hi«, murmelte er.

»Tobias, bist du denn von allen guten Geistern verlassen?«

Elisabeths Stimme überschlug sich fast.

»Hast du eine Ahnung, was ich mir für Sorgen um dich gemacht habe. Vor drei Tagen war ich mit Peer bei der Polizei, die suchen jetzt nach dir. Die werden wahrscheinlich auch bei deinem Onkel Walter an die Tür klopfen. Woher du das Geld für die Fahrkarte hattest, muss ich ja wohl nicht fragen. Ich verlange jeden einzelnen Cent, den du mir weggenommen hast, von dir zurück. Du kannst bis Sonntag in Hamburg bleiben. Ruf mich an und sag mir, mit welchem Zug du in Werne ankommst. Ich hole dich dann ab und dann reden wir miteinander, ernsthaft, Tobias. So geht das nicht weiter.«

»Ja, o.k.«, antwortete der Junge, während sich ein breites Grinsen auf seinem Gesicht breitmachte. Dann legte er einfach auf.

»Bis Sonntag kann ich bleiben und äh, ja, meine Mutter war bei der Polizei. Kann sein, dass die auch hier auftauchen, aber das ist ja jetzt kein Problem mehr, oder? Wo kann ich schlafen?«

In Werne rief derweil Elisabeth Hahnemann bei der Polizei an und zog die Vermisstenanzeige für ihren Sohn zurück. Sie war erleichtert, aber sie wusste, dass die Probleme nicht kleiner geworden waren. Wenn Tobias sich nicht einsichtig zeigte, würde er die Konsequenzen zu tragen haben. Sie war jedenfalls entschlossen, sich ihr eigenes Glück nicht durch einen rebellischen Teenager zerstören zu lassen.

***

Walter Hahnemann sah auf die Uhr, dann wandte er sich an seinen Neffen.

»Ich muss jetzt rüber in die Bar und Bea auch.«

»Kann ich mitkommen?«

»Daraus wird nix, min Jung. Du bist noch nicht volljährig, du darfst in die Bar gar nicht rein. Ich zeig sie dir gern mal über Tag, wenn keine Gäste und keine Mädels da sind. Aber wenn du Langeweile hast, kann ich dich vorher noch schnell bei meinem Freund Ferdi vorbeibringen. Du könntest ihm mit Donna und den Babys helfen.

»Babysitten? Auf gar keinen Fall. Mit so kleinen Bälgern kann ich gar nichts anfangen.«

Walter lachte.

»Nee, nicht babysitten. Donna ist Ferdis Hündin und sie hat Nachwuchs von meinem Buddy bekommen.«

»Buddy? Du hast einen Hund?«

»Na klar. Buddy ist ein Staff und hat schon mehrere Preise gewonnen. Warte, ich hol ihn mal.«

Kurze Zeit darauf stürmte ein beeindruckend aussehender Staffordshire Terrier in die Küche. Das glänzende schwarze Fell zeigte an der Brust eine weiße Zeichnung. Walter pfiff kurz und Buddy setzte sich, ohne Tobias aus den Augen zu lassen. Seine Lefzen zogen sich leicht nach oben und es ertönte ein tiefes, aber sehr leises Knurren. Tobias wich zurück. Ihm war der Hund unheimlich. Walter grinste.

»Diese Wirkung hat er auf jeden. Deshalb halte ich Buddy ja auch. Mir kommt niemand zu nahe, wenn ich ihn bei mir habe. Aber eigentlich ist er ein ganz gutmütiges Schaf. Komm her und lass ihn an dir schnuppern, damit er weiß, dass du zur Familie gehörst.«

Zögernd ging Tobias auf den Hund zu. Der sprang auf und schnupperte an der hingehaltenen Hand.

»Jetzt kannst du ihn streicheln«, forderte Walter seinen Neffen auf und kurze Zeit später saß Tobias auf dem Fußboden und balgte mit Buddy herum.

»Staffs sind doch Kampfhunde, oder nicht?«

»Listenhunde nennt man das und ja, man kann sie zu richtigen Beißmaschinen ausbilden. Das kannst du aber mit jedem anderen Hund auch machen. Mein Buddy ist eine ganz treue Seele, der niemandem etwas zuleide tun würde. Es sei denn…«

»Es sei denn, was?«

»Nun, wenn ich in Gefahr gerate, würde ich für Buddy nicht mehr die Hand ins Feuer legen. Dann könnte er schon beißen.«

Tobias nickte. So einen Hund hätte er auch gern. Ihm eilte in Werne ja ohnehin der Ruf voraus, dass mit ihm nicht gut Kirschen essen sei. Wenn er dann noch so einen Staff hätte, das wäre schon eine tolle Sache.

»Also, was ist jetzt. Ich muss los. Willst du zu Ferdi und dir die Welpen ansehen? Ich geb dir den Hausschlüssel und bitte Ferdi, die nach Hause zu bringen, wenn du die Nase voll hast. Im Kühlschrank ist genug zu essen und zu trinken und mit der Fernbedienung vom Fernseher kannst du ja wohl umgehen.«

»O,k., ist besser, als hier ganz allein rumzuhängen. Bring mich also zu deinem Freund.«

»Gut. Ich komme irgendwann in der Nacht nach Hause. Sei also morgen früh ruhig, damit ich pennen kann. Später können wir dann gemeinsam was unternehmen.«

Er reichte Tobias den Schlüssel, nahm Buddy an die Leine und legte ihm einen Maulkorb um. Verwundert fragte Tobias:

»Wieso muss er denn einen Maulkorb tragen, wenn er so friedlich ist?«

»Erstens, weil es Vorschrift ist und ich bisher keine Zeit für die Prüfung hatte, die ihn davon befreien würde. Zweitens, weil ich nie weiß, was auf dem Kiez so passiert. Mit den meisten Problemen komme ich ganz gut allein klar, aber Buddy sieht das oft ein wenig anders.«

***

Ferdi Drechsler war alles andere als erfreut über den Gast, den sein Freund Walter ihm vorbeibrachte.

»Woher weißt du denn, ob das wirklich dein Neffe ist? Diese Tricks sind doch schon bekannt. Da kommt einer, gibt sich als Verwandter aus und räumt dir dann die Bude leer. Und den bringst du mir jetzt auch noch hierher. Ich bin doch kein Kindermädchen.«

»Mensch, beruhig dich mal. Ich habe mit meiner Schwägerin telefoniert. Tobias ist tatsächlich der Sohn von meinem Bruder. Ist ja auch nur für ein paar Stunden. Wenn er dir auf den Sack geht, bringst du ihn einfach zu mir nach Hause.«

Dann drehte Walter Hahnemann sich um und ließ den leise vor sich hin brummenden Freund mit Tobias allein.

Der hatte wohl mitbekommen, dass er hier nicht willkommen war. Der Kerl ist genauso ein Arsch wie der Typ von meiner Mutter, dachte Tobi. Dann verschränkte er die Arme vor der Brust und fragte:

»Wo sind denn die Hunde?«

Ferdis Blick wurde gleich ein wenig freundlicher.

»Magst du Hunde?«

Tobias nickte.

»Buddy ist cool. So einen hätte ich auch gern.«

»Na, dann stell dich mal gut mit deinem Onkel. Ein Welpe aus dem Wurf steht ihm zu. Vielleicht gibt er ihn dir ja.«

Dann öffnete der Mann die Tür zum Garten.

»Komm mit, der Zwinger ist draußen.«

Wortlos folgte Tobias und betrat nach Ferdi einen geräumigen Holzschuppen. Der hintere Teil war durch eine halbhohe Holzwand abgetrennt.

»Ich lass Donna raus, dann kannst du zu den Kleinen reingehen. So ohne Weiteres lässt sie Fremde nämlich nicht an ihre Babys ran.«

Ferdi holte die Hündin aus dem Welpenzwinger und ging mit ihr nach draußen. Tobias stand etwas unschlüssig vor der Holztür, dann aber öffnete er sie und ging hinein. Sieben kleine Staffs, einer hübscher als der andere, wuselten sofort um seine Beine. Tobi hockte sich hin und nahm einen nach dem anderen auf den Arm. Kleine Zungen leckten ihm durchs Gesicht und messerscharfe kleine Zähne knabberten an seinen Händen. Tobias vergaß alles um sich herum. So glücklich war er schon lange nicht gewesen, vielleicht sogar niemals. Für ihn stand fest, er musste einen von diesen Hunden haben. Gleich morgen früh wollte er Walter fragen. Er bemerkte nicht, dass Ferdi ihn durch ein kleines

Fenster beobachtete. Der Mann war beruhigt. Er sah den glücklichen Gesichtsausdruck des aufsässigen Jungen und war sich sicher, ein kleiner Hund würde für Tobias viele von seinen Problemen lösen. Wenn Walter nicht auf seinen Welpen verzichten wollte, würde Ferdi ihm den Kleinsten aus dem Wurf einfach schenken. Der war etwas schwächlich und würde sich vermutlich sowieso nicht gut verkaufen lassen. Und für eine Ausbildung war er sicher auch nicht geeignet.

***

Am nächsten Vormittag konnte Tobias es kaum erwarten, dass Walter endlich aus dem Schlafzimmer kam. Es war schon nach elf, als der Onkel mit einem reichlich grimmigen Gesichtsausdruck in der Küche erschien. Tobias wagte gar nicht erst, ihn anzusprechen. Walter Hahnemann machte sich einen Kaffee, setzte sich an den Tisch und griff zur Zeitung. Tobias wartete geduldig, konnte aber kaum still sitzen.

»Was rutscht du denn so auf dem Stuhl Hin und Her? Ist was passiert?«

Die Stimme kam ziemlich undeutlich hinter der Zeitung hervor.

»Nein, alles in Ordnung. Ich muss dich nur nachher mal was fragen.«

»Nachher ist gut. Jetzt lass mich erst mal wach werden. Wir fahren gleich rüber in die Bar. Da gab es gestern eine ordentliche Schlägerei. Ich muss aufräumen und du kannst mir helfen.«

Tobias nickte, obwohl Walter das ja gar nicht sehen konnte. Gestern hätte er sich auf den Besuch in der Bar gefreut. Heute wollte er am liebsten sofort wieder zu Ferdi und den Welpen. Aber daraus wurde ja wohl nichts. Er wollte sich anstrengen beim Aufräumen der Bar. Wenn er Walter ordentlich half, war der vielleicht gnädig gestimmt und würde ihm den kleinen Hund, der eigentlich für ihn selbst bestimmt war, überlassen.

Zwei Stunden später schloss Walter Hahnemann die Hintertür seiner Tabledance-Bar auf der Reeperbahn auf. Es stank nach Alkohol und kaltem Qualm, obwohl das Rauchen in Gaststätten und Bars ja eigentlich streng verboten war. Der Barraum sah aus, als hätte eine Bombe eingeschlagen. Tische und Barhocker waren zertrümmert und überall lagen Scherben herum.

»Was ist denn hier passiert?«, fragte Tobias neugierig.

»Da hat gestern einer versucht, eins der Mädchen anzufassen. Bevor meine Türsteher eingreifen konnten, hat sich ein anderer Gast eingemischt und es gab eine wilde Prügelei. Kurz drauf waren die Bullen da und ich muss jetzt aufräumen und eine Liste schreiben, was alles kaputt gegangen ist. Das müssen die Schläger mir nämlich ersetzen.«

»Ich könnte die Liste schreiben. Ist ja wohl offensichtlich, dass Tische, Barhocker, Gläser und auch ein paar Flaschen zu Bruch gegangen sind.«

»Prima, dann mach dich mal an die Arbeit. Schreibzeug findest du hinten im Büro. Die Flaschen setze ich selbst ein. Der kann ruhig ein bisschen bluten für das Chaos, das er hier veranstaltet hat.«

Tobias grinste. So ganz ehrlich war sein Onkel wohl doch noch nicht geworden, aber ihm war das egal. Er nahm es selbst mit der Wahrheit ja nicht immer so genau. Fein säuberlich schrieb er alle zerbrochenen und beschädigten Gegenstände untereinander. Er erkannte auf den ersten Blick, dass man die Tische durchaus hätte reparieren können, aber wozu? Walter hatte recht. Wer so was veranstaltete, musste eben mit den Konsequenzen leben. Nach zwei Stunden Arbeit, die sie fast ohne zu reden erledigten, war der Barraum wieder aufgeräumt. Die Liste für die Polizei und die Versicherung hatte eine ganz ordentliche Länge und unter dem Strich bezifferte Walter den Schaden auf etwa dreitausend Euro. Er rieb sich zufrieden die Hände.

»Da mache ich doch noch ein ganz gutes Geschäft. Hätte schlimmer kommen können. Und jetzt zu dir. Du hast gesagt, du willst mich was fragen.«

Tobias bekam einen roten Kopf und schaute verlegen zu Boden.

»Na ja, ich, wir kennen uns ja noch gar nicht richtig und bis gestern hast du auch nicht gewusst, dass du überhaupt einen Neffen hast und jetzt bin ich hier. Gestern bei Ferdi, die Hundebabys sind echt toll. Ferdi hat mir erzählt, dass du einen Welpen aus dem Wurf für dich beanspruchen kannst, weil Buddy die ja gemacht hat. Willst du denn überhaupt einen zweiten Hund?«

Walter hatte schon ein leichtes Grinsen im Gesicht. Dieses Schlitzohr, dachte er. Da will er mir doch meinen Welpen abschwatzen.

»Buddy ist nicht mehr der Jüngste, weißt du. Wird Zeit, dass ich mir schon mal Gedanken über seinen Nachfolger mache. Die beiden

Hunde sollen noch eine Zeit zusammen sein, bevor Buddy zu alt wird. Wieso fragst du das denn?«

»Weil ich auch gerne so einen Hund hätte, und da habe ich gedacht, du hast ja schon einen. Und Buddy könnte ja auch noch mal …«

Tobias stockte verlegen. Jetzt war es heraus.

»Und da hast du dir gedacht, dass dein Onkel Walter dir so ein Hundebaby schenken könnte, was?«

Die Stimme klang für Tobias ziemlich drohend. Er zog den Kopf zwischen die Schultern, als Walter Hahnemann dröhnend zu lachen begann.

»Du bist mir ja einer. Kommst hierher, quartierst dich bei mir ein und jetzt soll ich dir auch noch einen Hund schenken. Hast du mal drüber nachgedacht, was deine Mutter davon hält?«

»Ist mir egal. Ist ja dann mein Hund und ich kümmere mich um ihn. Da hat sie ja gar nichts mit zu tun.«

»Na, hoffen wir mal, dass die Lisbeth das genauso sieht.«

»Du meinst, du schenkst mir wirklich deinen Welpen?«

»Nein, natürlich nicht.«

Das hoffnungsvolle Lächeln in Tobis Gesicht erlosch. Der Onkel machte sich also nur über ihn lustig.

»Na, nun mach mal nicht so ein Gesicht, min Jung. Meinen Welpen kriegst du nicht. Aber den Kleinen, der ist dir ja sicher aufgefallen, den kann ich Ferdi bestimmt für dich abschwatzen.«

»Du meinst den, der so aussieht wie Buddy in klein?«

»Ja, genau. Er ist ein wenig schwächlicher als die anderen. Aber wenn du dich gut um ihn kümmerst, dann wird der schon. Eins musst du mir allerdings versprechen.«

»Und was?«

»Du gehst mit dem Hund in einen Welpenkurs und anschließend in eine ordentliche Hundeschule. Da wird kein Kampfhund draus gemacht. Diese Rassen haben ohnehin schon einen viel zu schlechten Ruf. Außerdem ist die Ausbildung brutal und bricht den Charakter des Hundes. Versprich mir also, dass dein Hund dein Freund und ein Familienmitglied sein soll. Dann rede ich nachher mit Ferdi.«

Tobias hätte zu diesem Zeitpunkt alles versprochen, aber was den Hund anbelangte, so war es ihm wirklich ernst. In Gedanken sah er sich schon mit einem stattlichen Staff an der Leine durch Werne gehen.

Er würde es genauso machen wie Walter mit Buddy. Alle sollten Angst vor ihm haben, aber nur Tobias würde wissen, dass er ganz harmlos war.

»Tja, Tobias. Da haben wir aber noch ein anderes Problem.«

»Welches denn?«

»Du kannst mit einem Hundewelpen nicht mit dem Zug von Hamburg nach Werne fahren. Der muss ja zwischendurch immer mal raus. Ich muss dich also wohl oder übel nach Hause bringen. Da kann ich dann ja auch gleich meine Schwägerin wiedersehen. Die wird Augen machen. Darauf freue ich mich jetzt schon. Wenn du sie also anrufst, sag ihr, du wirst gebracht und sie kann Sonntag ab mittags mit dir rechnen. Jetzt rufe ich Ferdi an und kläre das mit dem Hund. Hast du schon einen Namen für ihn?«

Tobias nickte.

»Er soll Elvis heißen«.

***

Elisabeth Hahnemann war alles andere als begeistert, als Tobias ihr am Telefon kurz und bündig erklärte, Walter würde ihn mit dem Auto nach Werne bringen.

Peer Wessels verstand die ganze Aufregung nicht.

»Sei doch froh, dann braucht er kein Geld für die Fahrkarte und du bekommst mehr von deinem Geld zurück, als du gedacht hast.«

Um kurz nach zwölf Uhr ging die Haustür auf. Peer Wessels und Walter Hahnemann waren sich auf Anhieb sympathisch. Elisabeth beobachtete die beiden Männer, die sich angeregt unterhielten, mit gemischten Gefühlen. Tobias war mit einem Korb in der Hand sofort in sein Zimmer verschwunden. Walter sah seine Schwägerin an.

»Lisbeth, komm, setz dich mal zu uns. Ich muss dir was erklären.«

»Zuerst hörst du mal damit auf, mich Lisbeth zu nennen. Sag Betty oder meinetwegen Elisabeth zu mir.«

»Na gut, Betty, wenn dir das lieber ist. Also, der Tobias hat eine ganze Menge Probleme, wie mir scheint.«

Er wandte sich zu Peer Wessels.

»Besonders mit dir, mein Freund.«

»Ja, ich weiß. Das liegt aber nur daran, dass Betty den Jungen viel zu sehr verwöhnt hat. Der weiß doch gar nicht, was Verantwortung ist. Und kriminelle Neigungen hat er auch schon entwickelt. Schließlich hat er Betty das Haushaltsgeld geklaut, um zu dir nach Hamburg zu fahren.«

Walter griff in seine Brusttasche und holte ein Bündel Geldscheine heraus.

»Ich weiß, er hat mir das restliche Geld heute Morgen gegeben. Das, was er für die Fahrkarten und das Taxi verbraucht hat, habe ich wieder draufgelegt. Kannst nachzählen, ich glaube, es fehlt nichts.«

Elisabeth sah ihn erstaunt an.

»Wieso machst du das?«

»Weil er mein Neffe ist, weil ich finde, er ist eigentlich ein ganz guter Junge und weil ich ihm helfen will, seinen Platz im Leben zu finden. Und was das Thema Verantwortung angeht, da hatte ich auch bereits die zündende Idee. Dein Tobias ist nämlich nicht allein aus Hamburg nach Hause gekommen. Ich habe ihm einen Hund geschenkt.«

»Du hast was? Bist du von allen guten Geistern verlassen? Das kommt gar nicht infrage, den kannst du gleich wieder mitnehmen.«

Walter hob beschwichtigend die Hand.

»Das kannst du Tobias nicht antun. Er ist geradezu vernarrt in diesen Welpen. Die ganzen Tage in Hamburg hat er nichts anderes getan, als sich bei meinem Freund um den Wurf Welpen zu kümmern. Heute Morgen konnte ich meinen Eigenen abholen und da habe ich für Tobias auch einen mitgenommen. Er hat ihn Elvis genannt. Das Problem ist nur, Tobias ist noch nicht volljährig. Das heißt, du musst den Hund erst mal auf deinen Namen anmelden. Und wenn er etwas größer ist, muss Tobias einen Hundeführerschein machen und mit Elvis den Wesenstest bestehen, damit der Hund keinen Maulkorb tragen muss. Außerdem dürfte die Hundesteuer hier in NRW deutlich höher sein für einen Listenhund. Die Kosten dafür übernehme ich, das habe ich Tobias versprochen.«

»Listenhund? Du meinst, du hast meinem Sohn einen Kampfhund geschenkt? Das wird ja immer besser.«

Langsam wurde Walter Hahnemann ungeduldig. Was hatte sein Bruder bloß damals an dieser hysterischen Zicke gefunden? Er warf einen kurzen Seitenblick auf Peer in der Hoffnung, hier Unterstützung zu finden.

»Mensch, Peer, gib dir einen Ruck. Das kann auch ein neuer Anfang für Tobias und dich sein. Wenn du ihn jetzt unterstützt und seine Mutter überzeugst, wird er dir bestimmt dankbar sein.«

Darüber hatte Peer Wessels auch schon nachgedacht. Vielleicht war das ja wirklich ein Weg, um die ewigen Streitereien zu beenden.

»Betty, wir können es doch wenigstens versuchen. Er bekommt genaue Richtlinien, an die er sich zu halten hat. Tut er das nicht, muss er den Hund wieder abgeben. Komm, ich glaube, das ist eine wirklich gute Idee, um an Tobias heranzukommen.«

»Heißt das, ich kann Elvis behalten?«

Plötzlich stand Tobias in der Tür. Seine Mutter zuckte mit den Schultern.

»Was ich denke, zählt hier ja wohl nicht. Aber, mein Sohn, wir werden uns nachher noch einmal in aller Ruhe unterhalten. Es gibt ein paar Bedingungen, die du erfüllen musst, damit dein Hund hierbleiben darf. Verstanden?«

Tobias nickte selig.

»Nun«, sagte Peer Wessels. »Dann zeig uns unseren neuen Hausgenossen doch wenigstens einmal.«

Selbst Elisabeth musste schmunzeln, als der Welpe in das Wohnzimmer lief. Er wich Tobias nicht von der Seite, ließ sich aber zum Spielen animieren. Bald erklang fröhliches Gelächter und Elisabeth selbst war jetzt ein wenig überzeugter, dass dieser kleine Hund hier vielleicht ein Wunder vollbringen konnte.

***

Auch im Haus von Kommissar Wischkamp hatte ein vierbeiniges Familienmitglied Einzug gehalten. Samy war vier Monate alt. Eine Rasse war eindeutig nicht zu erkennen, aber für Silvie und natürlich auch für die kleine Anna war er der schönste Hund der Welt. Allerdings machte er schon ein wenig Arbeit, doch das würde Silvie ihrem Mann gegenüber nie zugeben. Immerhin hatte sie es innerhalb von einer Woche geschafft, den kleinen Kerl, den sie aus dem Tierheim geholt hatten, stubenrein zu bekommen. Auch mit dem Training im Hundeverein hatte sie bereits begonnen. Für Anna fand sich auf der Terrasse immer jemand, der aufpasste. Lange dauerte das Training ja auch noch nicht, dafür war der Hund einfach noch zu klein. Aber die Kommandos „Sitz“ und „Platz“ beherrschte er schon ganz gut und auch das Ziehen an der Leine ließ mehr und mehr nach.

Jens war manchmal nicht ganz so gut auf den neuen Hausgenossen zu sprechen. Einmal waren es seine Hausschuhe, die der Hund zerbissen hatte, ein anderes mal eine Musik-CD, die den scharfen kleinen Zähnen zum Opfer fiel. Wenn er dann aber beobachtete, wie glücklich seine beiden Mädels mit dem Hund waren und der ihn mit einem so unschuldigen Blick anschaute, war es meist schnell wieder gut.

Heute war Sonntag und Jens hatte endlich mal wieder frei. Also konnte er mit Silvie und Anna zum Hundeplatz gehen und sich selbst davon überzeugen, welche Fortschritte der kleine Samy schon gemacht hatte. Es war kurz vor zehn, als sie auf dem Trainingsgelände eintrafen. Vor dem Holztor stand ein junger Mann und sah sich suchend um. An der Leine hatte er einen Welpen, von dem Jens annahm, es könnte sich um einen Staffordshire Terrier handeln. Sicher war er sich aber nicht. Für ihn sahen Welpen irgendwie alle gleich aus. Silvie ging auf den Jungen zu.

»Suchst du was?«

»Ja, ich wollte mal fragen, ob ich hier mit meinem Hund trainieren kann.«

»Na, dann komm mal mit rein. Wie alt ist er denn?«

»Zwölf Wochen und er gehorcht mir schon ganz gut.«

»Und wie heißt ihr beide?«

»Ich bin Tobias, Tobias Hahnemann und das ist Elvis.«

Silvie lachte.

»Ich bin Silvie, das sind mein Mann Jens und meine Tochter Anna und der Wirbelwind an der Leine ist Samy. Wie bist du denn auf Elvis gekommen?«

Verlegen zuckte Tobias mit den Schultern.

»Weiß ich nicht, ich dachte, es passt ganz gut. Seine Eltern heißen Buddy und Donna und mir ist Elvis als Erstes eingefallen, als ich wusste, dass ich ihn geschenkt bekomme. Er ist ein reinrassiger Staff und ich habe meinem Onkel versprochen, mich gut um ihn zu kümmern und dafür zu sorgen, dass er, wenn er größer ist, den Wesenstest besteht und keinen Maulkorb tragen muss.«

Tobias redete ohne Punkt und Komma. Er war immer noch Feuer und Flamme für den kleinen Hund. Zuhause lief es auch einigermaßen.

Er konnte Peer immer noch nicht leiden, aber er riss sich zusammen und ging Streit möglichst aus dem Weg. Allerdings spürte er, dass das auf die Dauer nicht gut gehen würde. Tobias hatte kurzfristig darüber nachgedacht, ob er von zu Hause weggehen sollte. Aber dann regte sich sein Trotz. Wieso sollte er gehen? Peer war schließlich der Eindringling. Er sollte verschwinden und irgendwie würde Tobias das auch bewerkstelligen. Solange, bis er einen guten Plan hatte, musste er eben die Füße stillhalten.

***

Elisabeth Hahnemann saß mit Peer vor dem Fernseher. Es war eine Reportage angekündigt über illegales Training von Kampfhunden.

»Ich frage Tobi mal, ob er sich das nicht auch anschauen möchte.«

Peer brummte etwas vor sich hin. Er hätte den Sonntagabend gern mit Betty allein verbracht. Elisabeth klopfte an die Zimmertür ihres Sohnes.

»Tobi, da kommt gleich etwas über Kampfhunde im Fernsehen. Magst du das mit uns ansehen?«

Die Tür ging auf und sofort sprang Elvis an Elisabeth hoch.

»Kampfhunde? Wieso? Der Elvis ist doch gar kein Kampfhund.«

»Weiß ich doch, aber ist vielleicht trotzdem ganz interessant. Nun komm schon, es ist doch Sonntag.«

Auch Tobi war nicht sehr begeistert, aber die Sendung interessierte ihn schon. Nicht, dass er daran dachte, aus Elvis so einen scharfen Kampfhund zu machen. Aber das Welpentraining im Verein fand er inzwischen ganz schön langweilig. Er hatte mal gefragt, ob er außerhalb der Trainingszeiten auf dem Platz mit seinem Hund trainieren könnte, aber das wurde von der ersten Vorsitzenden sofort abgelehnt. Überhaupt nahm die sich in Tobis Augen manchmal ganz schön viel heraus. Sie kritisierte ihn für seinen Geschmack viel zu oft. Die war ja schlimmer als seine Mutter. Hunde dürfen nicht auf die Terrasse, Hunde an der Leine dürfen nicht miteinander spielen, so ging das die ganze Zeit. Vielleicht gab die Sendung im Fernsehen ja Informationen her, dass er sich nach einem anderen Trainingsplatz für Elvis umschauen konnte. Der Kleine war so intelligent, der konnte bestimmt mehr als nur Sitz und Platz machen oder bei Fuß im Kreis laufen.

Tobias setzte sich in den Sessel, der Hund lag zusammengerollt auf seinem Schoß. Die Reporter zeigten Bilder von illegalen Trainingsmethoden. Die Hunde wurden extrem gequält, damit sie aggressiv wurden. Es gab Stockhiebe und Peitschenschläge. Besonders eklig fand Tobias, dass man den Hunden Fleisch auf eine Gabel anbot. Griffen sie zu, bevor sie die Erlaubnis dazu bekamen, stach der Trainer den Hunden die Gabel in den Oberkiefer. Die so malträtierten Hunde jaulten ganz furchtbar. Zum Ende einer solchen Ausbildung waren die Tiere nicht nur für Hundekämpfe geeignet, sondern konnten auch gegen Menschen eingesetzt werden. Tobi sah nachdenklich auf das Fellbündel in seinem Schoß. Auch wenn der diesen kleinen Hund abgöttisch liebte, eine solche Waffe an der Leine zu haben wie die Hundetrainer im Fernsehen, das wäre schon was. Dann könnten ihm alle Peer Wessels dieser Welt gestohlen bleiben. Niemand würde es noch wagen, sich Tobias Hahnemann in den Weg zu stellen. Doch es blieb ein Funke Anstand in ihm, der ihm sagte, dass das für Elvis sicher nicht der richtige Weg war. Aber trotzdem bekam Tobias die Bilder der fertig ausgebildeten Kampfmaschinen nicht mehr aus dem Kopf. In seiner Fantasie war auch Elvis so ein Exemplar und er schickte ihn gegen Peer. Von dem blieb am Ende nichts weiter als eine blutige Masse übrig. Eine Vorstellung, die Tobias ausgesprochen reizvoll fand. Aber das waren ja alles Spinnereien. Diese Hundetrainer waren kriminell, die Trainingsplätze geheim und nur hin und wieder gelang es Tierschutz und Polizei, eine solche Anlage ausfindig zu machen und zu schließen. Selbst wenn er eine solche Ausbildung für Elvis wollte, er wüsste ja gar nicht, wie man es anstellt, dass der Hund dort angenommen wird. Trotzdem spielte er in Gedanken diese Szenarien immer wieder durch. Und langsam reifte in ihm der Entschluss, dass Elvis zu mehr geboren war, als ein braver Familienhund zu sein.

***

Am nächsten Tag besuchte Tobias Kevin Brückner. Er wusste, dass dessen Eltern im Urlaub waren. Kevin war allergisch gegen Hundehaare, deshalb ließ Tobias Elvis bei seiner Mutter.

»Hi, Kevin. Du bist doch ziemlich fit im Internet, oder?«

»Klar. Wieso?«

»Du kannst mir mal bei einer Recherche helfen. Gestern lief so eine Sendung im Fernsehen über illegale Trainingsmethoden für Hunde. Da gibt es in ganz Deutschland Ausbildungslager, wo man Kampfhunde scharf machen kann. Versuch doch mal herauszufinden, ob es so etwas auch hier im Raum irgendwo gibt.«

»Warum das denn? Willst du da etwa mit Elvis hin?«

»Quatsch, natürlich nicht. Das würde ich dem kleinen Kerl nie antun. Ich will nur einfach wissen, was genau die mit den Hunden so machen und dann darüber mit den Trainern in meinen Verein reden. Ich habe das gestern gesehen und finde, dagegen muss man einfach was tun. Also was ist, hilfst du mir?«

Tobias hatte diese Lüge so glatt und unterbrechungsfrei heruntergeleiert, dass Kevin ihm glaubte. Da steckte doch wirklich ein guter Kern in seinem Freund. Seit der diesen Hund geschenkt bekommen hatte, war er viel ausgeglichener und freundlicher geworden. Also erklärte Kevin sich bereit, mal nachzusehen, was sich so finden ließ. Kevin kannte sich wirklich gut aus und gelangte auch auf Seiten, die man über die normalen Suchmaschinen gar nicht erst erreichte. Nach einer kleinen Weile hatte er mehrere Adressen für Tobias herausgeschrieben.

»Und was hast du jetzt vor?«

»Ich denke, ich ruf da entweder an oder ich fahre mal hin. Dann sage ich denen, dass ich einen Staff habe, und frage, ob sie ihn ausbilden. Dann lasse ich mir genau erklären, wie diese Ausbildung abläuft und was sie kostet. Diese Informationen gebe ich dann an meine Trainer weiter, damit sie den Tierschutz informieren können.«

Kevin war überrascht, wie engagiert sich sein Freund zeigte. Tierliebe musste eine Menge ausmachen. Früher hatte Tobi sich nur für sich und alles, was ihn selbst anging, interessiert. Dass er jetzt für ihm völlig fremde Hunde so ein Engagement an den Tag legte, bewunderte Kevin. Er selbst würde sich niemals trauen, auch nur in die Nähe eines solchen illegalen Hundecamps zu gehen. Aber Tobias war da eben ganz anders.

***

Tobias grinste auf dem Heimweg vor sich hin. Wie leicht Kevin doch zu beeinflussen war. Und diese Leichtgläubigkeit. Einfach unglaublich. Abends in seinem Zimmer überlegte er. Einerseits tat ihm Elvis schon leid. Er war sich nicht sicher, ob er es über sich bringen würde, den Hund aggressiv zu machen. Andererseits hätte er damit eine Waffe, gegen die der Kerl seiner Mutter nicht anstinken konnte. Tolle Vorstellung, dass Elvis jedes Mal die Zähne fletschte, wenn Peer sich Tobias gegenüber aufspielte. Er kontrollierte die Adressen. Sie waren in ganz Nordrhein-Westfalen verstreut. Der nächste Trainingsplatz war in Wuppertal im Bergischen Land. Tobias überlegte. Mit dem Zug kam er da sicher ganz gut hin. In Wuppertal würde er möglicherweise Taxi fahren müssen. Also brauchte er Geld. Wie gut, dass die gelbe Dose immer noch in der Küche stand. Seine Mutter war einfach viel zu naiv. Klar hatte er das Geld zurückgegeben, aber wer sagte denn, dass er sich nicht noch einmal etwas borgen konnte. Gleich morgen früh, wenn sie zur Arbeit ging, würde er einfach zweihundert Euro nehmen und sich auf den Weg nach Wuppertal machen. Hoffentlich gab es da Taxis, in denen Hunde mitfahren durften.

***

Der Taxifahrer hatte Tobi am Rand eines Industriegebietes abgesetzt. Er reichte ihm eine Visitenkarte.

»Wenn du wieder abgeholt werden willst, ruf an. Das Gelände muss da hinten irgendwo sein.«

Dann wendete er und fuhr davon. Tobias sah sich um. 43 Euro hatte die Taxifahrt vom Bahnhof hier heraus gekostet, aber er hatte noch genügend Geld für die Heimfahrt dabei. Jetzt wollte er sich erst einmal vorsichtig umschauen. Er ging in die Richtung, die ihm der Taxifahrer gezeigt hatte. Elvis trottete hinter ihm her und zwang Tobias immer wieder dazu, stehenzubleiben. Der Hund wollte schnuppern und war ziemlich aufgeregt. Die lange Fahrt mit dem Zug, dann das Auto, das war alles neu für den inzwischen knapp sechs Monate alten Hund. Je weiter Tobias ging, umso deutlicher hörte er Hundegebell. Er näherte sich also dem Trainingsgelände, das offensichtlich von einem hohen Holzzaun umgeben war. Das große Tor zur Straße hin war verschlossen. Tobias versuchte, zwischen den Brettern hindurchzusehen, da packte ihn von hinten eine Hand am Kragen.

»Was willst du denn hier, Bürschchen?«, fragte ein glatzköpfiger, sehr massig wirkender Mann. Seine Arme waren mit Tätowierungen übersäht. Tobias war zusammengezuckt und versuchte sich aus dem Griff herauszuwinden.

»Ich schau doch nur mal. Ich habe im Internet über diese Trainingsanlage was gelesen und überlege, ob ich meinen Hund hier ausbilden lassen kann.«

»Deinen Hund? Meinst du etwa das Würstchen da an der Leine. Wie alt ist der denn?«

»Knapp sechs Monate.«

»Na, dann kannst du frühestens in einem halben Jahr noch mal nachfragen. Du weißt aber schon, was für eine Ausbildung das hier sein wird, oder?«

Tobias sah sich vorsichtig um, aber niemand anders war da.

»Ja, ich weiß, dass Sie hier Kampfhunde trainieren.«

»Und du willst, dass das Würstchen ein Kampfhund wird?«

»Nicht für Hundekämpfe, wenn Sie das meinen. Aber er soll mir Respekt verschaffen.«

Abschätzend sah der Mann den Jungen an.

»Respekt«, grinste er.

»Du willst ihn also scharf machen lassen, damit er dich beschützt, was? Wirst wohl gemobbt, weil du nicht so viel Knete hast und keine Markenklamotten trägst, was?«

Tobias wollte aufbegehren, besann sich aber eines Besseren. Er nickte,obwohl es in Werne kaum jemand wagen würde, ihn zu mobben. Tobias wurde schnell aggressiv, wenn ihm etwas gegen den Strich ging.

»Na schön, ich nehme dich mal kurz mit rein. Dann kannst du dich umsehen. Und dann verschwindest du von hier und kommst erst wieder, wenn der Hund ein Jahr alt ist.«

»Was kostet denn so eine Ausbildung?«

»Er muss für drei Monate hier bleiben. In dieser Zeit darfst du ihn nicht besuchen. Danach kommst du selber für vier Wochen her in unser Camp. Dann unterrichten wir dich im richtigen Umgang mit dem ausgebildeten Hund. Alles zusammen mit Futter und der Unterkunft und Essen für dich musst du so mit 1.500 Euro rechnen. Kannst du das Geld aufbringen?«

Tobias erschrak. Das war eine Menge Geld. Dann aber nickte er.

»Sind ja noch sechs Monate, das schaffe ich schon. Können wir jetzt reingehen?«

»Nicht so ungeduldig, junger Mann. Das Geld wird im Voraus bezahlt, damit wir uns da richtig verstehen.«

Tobias nickte. Er würde sich wohl doch eine Arbeit suchen müssen. Zur Not konnte er auch noch seine Spielekonsole verkaufen. Und zum Geburtstag und zu Weihnachten würde er sich Geld wünschen. Irgendwie musste das funktionieren.

Der Mann schloss das Tor auf, und sofort begannen die Hunde in ihren kleinen Käfigen wie wild zu bellen. Einige sprangen mit voller Wucht vor das Gitter, hatten die Lefzen hochgezogen und sahen zum Fürchten aus. Tobias wich etwas zurück.

»Ja, das sind Prachtexemplare, was? Da will dein Würstchen erst mal hinkommen. Wie heißt der eigentlich?«

»Elvis.«

»Elvis? Was ist denn das für ein Name? Na ja, mir kanns egal sein. Ich zeige dir jetzt ein Trainingsvideo und dann machst du, dass du hier wegkommst. Und damit wir uns klar verstehen, du erzählst niemandem, dass du hier warst und auch niemandem, dass du uns deinen Hund zur Ausbildung geben willst, verstanden?«

Tobias nickte verschwörerisch. Er wusste schließlich, dass Trainingsanlagen wie diese eigentlich verboten waren. Aber genau deshalb hatte er sich eine solche ja ausgesucht. Als er den Videofilm anschaute, schweiften seine Augen immer wieder zu Elvis, der sich zu seinen Füßen zusammengerollt hatte und schlief. Es kamen ihm Zweifel, ob er das dem Hund, den er inzwischen wirklich lieb gewonnen hatte, tatsächlich antun sollte. Aber dann sah er wieder das selbstgefällige Grinsen von Peer Wessels vor sich und vergaß seine Bedenken. Ihn, Tobias, würde der Hund ja nicht angreifen, sondern weiterhin akzeptieren. Nur den verhassten Kerl seiner Mutter, den sollte er gehörig in seine Schranken weisen und vielleicht auch noch mehr als das.

Der Besitzer des Hundecamps erkannte, dass er hier jemanden mit einem klaren Ziel vor sich hatte. Ihm war es eigentlich egal, was mit den Hunden wurde, die er ausgebildet hatte. Aber dieser Junge war ihm ein Rätsel. Manchmal, wenn er sich unbeobachtet glaubte, flackerte so etwas wie Hass in seinem Blick auf. Dem Mann schwante, dass der Junge schon sehr genaue Pläne hatte, gegen wen er seinen ausgebildeten

Hund einsetzen wollte. Dann aber wandte er sich ab. Das war nicht sein Problem. Solange der Junge das Geld für die Ausbildung aufbringen konnte, war doch alles in Ordnung.

***

Die Monate gingen ins Land und aus dem Welpen im Hause Wischkamp war ein zwar verspielter, aber ziemlich aufsässiger Junghund geworden. Silvie war froh darüber, dass sie so früh mit der Hundeschule begonnen hatte. Samy brauchte eine feste Hand. Das fiel ihr nicht immer leicht und ohne die Hilfe der Trainer wäre wahrscheinlich der Hund Chef im Haushalt der Wischkamps geworden. Aber mit jedem Trainingstag wurde er geduldiger und gehorchte besser. Anna hatte ihre helle Freude daran, wenn sie zum Hundeplatz gingen. Während Silvie mit dem Hund trainierte, wurde Anna abwechselnd von Mitgliedern und Gästen auf der Terrasse beschäftigt. Samy hatte sich, sehr zur Verwunderung aller anderen, sehr mit Elvis, dem jungen Staffordshire Terrier angefreundet. Tobias Hahnemann war bisher immer regelmäßig zum Training erschienen und manchmal gingen sie gemeinsam noch etwas spazieren, damit die Hunde im freien Feld miteinander spielen konnten. Aber seit zwei Wochen kam Tobias nicht mehr. Silvie konnte sich keinen Reim darauf machen. Es hatte alles danach ausgesehen, als ob der Junge sich im Hundeverein richtig wohlgefühlt hatte. Aber er würde sicher seine Gründe haben, warum er das Training unterbrochen hatte.

Im Haushalt der Hahnemanns war es deutlich ruhiger geworden. Nur noch selten kam es zum Streit zwischen Peer Wessels und Tobias. Peer hielt sich bewusst zurück. Die Zeit spielte für ihn. In wenigen Wochen hatte Tobias Geburtstag. Dann war er volljährig und sollte auf eigenen Füßen stehen. Der Junge hatte jetzt sogar einen Job, bei dem er allerdings nicht viel verdiente. Aber lieber wollte Peer ihm eine Wohnung bezahlen, als ihn noch länger in der gemeinsamen Wohnung zu dulden.

Auch Tobias machte gute Mine zum bösen Spiel. Er ging jedem Streit so gut es ging aus dem Weg. Außerdem war er ja jetzt tagsüber bei der Arbeit. Elvis wuchs beachtlich schnell. Dank des regelmäßigen Trainings auf dem Hundeplatz gehorchte er ausgezeichnet.

Peer und seine Mutter hatten ihn gestern Abend ins Wohnzimmer gerufen. Peer war es, der das Wort ergriff. In seiner Hand hielt er ein Schlüsselbund.

»Tobias, ich weiß, wir hatten es nicht immer leicht miteinander. Aber in den letzten Monaten hast du gezeigt, dass du sehr wohl in der Lage bist, dein Leben selbst in die Hand zu nehmen. Du hast einen Job und verdienst eigenes Geld. Deine Mutter und ich, wir haben eine kleine Zweizimmerwohnung für dich gemietet hier in Werne. Von da aus kannst du zu Fuß zur Arbeit gehen und auch in der Mittagspause rasch nach Hause, um den Hund rauszulassen. Eingerichtet haben wir die Wohnung auch schon. Zum Essen kannst du natürlich jeden Abend herkommen und deine Mutter macht zunächst auch weiterhin deine Wäsche. Ich würde jetzt gern mit dir in die Wohnung fahren, um dir alles zu zeigen.«

Tobias hatte sich sehr zusammenreißen müssen. Einerseits war diese Selbstständigkeit genau das, was er gerade brauchte. Andererseits kam wieder der unbändige Hass in ihm hoch. Das war ungerecht. Das hier war sein Zuhause, Peer Wessels war der Eindringling. Er sollte gehen. Dann aber siegte seine Vernunft. Das würde sich alles regeln, wenn der verhasste Kerl erst mal weg war. Tobias war sich sicher, dass seine Mutter ihn dann sofort in die Wohnung zurückholen würde. Also nickte er und stand auf.

Die Wohnung befand sich im ersten Stock eines Mietshauses an der Stockumer Straße, unweit vom Zentrum der Stadt. Zum Baumaschinenverleih, in dem er arbeitete, würde er tatsächlich nur knapp fünf Minuten zu Fuß brauchen. Die Wohnung fand Tobias zwar klein, aber für ihn allein reichte das vollkommen. Er sah sich kurz um.

»Dann lass uns nach Hause fahren. Ich packe meine Sachen und du kannst mich gleich wieder herbringen.«

»Du willst gleich heute ausziehen?«

Peer Wessels konnte es nicht verhindern, dass diese Frage nicht besorgt, sondern eher erleichtert klang.

»Du bist doch ohnehin froh, wenn du mich los bist. Warum also warten. Und du brauchst mich auch nicht zu fahren. Ich rufe Kevin an, der macht das gerne. Vielleicht bleibt er ja heute Nacht bei mir, damit ich keine Angst bekomme.«

Seine Stimme triefte vor Hohn bei diesen Worten und Peer musste an sich halten, um keine heftige Erwiderung loszulassen. Er wollte jetzt einfach keinen Streit mehr. Der Junge würde schon einsehen, dass das die beste Lösung für alle Beteiligten war.

Kevin war sofort bereit, Tobias zu fahren. Er war neugierig und gleichzeitig ein wenig neidisch. Seine Eltern hatten viel mehr Geld als Peer Wessels oder Tobias Mutter. Aber sie würden ihm nie einfach so eine eigene Wohnung finanzieren.

***

Tobias ging immer seltener in sein Elternhaus. Die aufgesetzte Fröhlichkeit, die besonders seine Mutter an den Tag legte, war ihm zuwider. Elisabeth Hahnemann machte sich deshalb auch keine allzu großen Sorgen, als sie feststellte, dass Tobias sich seit über einer Woche nicht mehr bei ihr gemeldet hatte. Sie würde morgen einfach mal kurz bei ihm vorbeigehen und nach dem Rechten sehen. Aber sie stand vor verschlossener Tür. Sie hatte mehrfach geklingelt, doch Tobias schien nicht zuhause zu sein. Da öffnete sich die Haustür und eine ältere Dame trat hinaus. Elisabeth machte höflich Platz und drückte noch einmal auf den Klingelknopf.

»Wollen Sie zu dem jungen Herrn Hahnemann?«, fragte die ältere Frau interessiert.

Elisabeth nickte.

»Das ist mein Sohn. Ich wollte nur mal nachsehen, ob alles in Ordnung ist. Er hat sich seit einer Woche nicht bei mir gemeldet.«

»Ja, so sind sie halt, die junge Leute. Aber Ihr Sohn, das ist ein wirklich netter junger Mann. Er hilft mir immer, meine Einkäufe nach oben zu tragen.«

Elisabeth lächelte. Das war lange nicht mehr vorgekommen, dass sie etwas Nettes über ihren Sohn gehört hatte.

»Ich glaube, Ihr Sohn ist verreist.«

»Wie kommen Sie denn darauf? Er muss doch arbeiten.«

»Gestern in aller Frühe ist er mit seinem Hund und einer Reisetasche aus dem Haus gegangen. Deshalb dachte ich, er sei verreist. Aber vielleicht hat das ja auch andere Gründe. Haben Sie denn schon versucht, ihn anzurufen?«

»Ja, aber er geht nicht an sein Telefon. Ich werde einfach später noch mal vorbeikommen.«

Nachdenklich machte sich Elisabeth auf den Heimweg. Sie konnte sich beim besten Willen nicht vorstellen, dass Tobias irgendwo hinfuhr, ohne ihr Bescheid zu sagen. Er wusste doch, dass sie sich Sorgen machen würde, wenn sie nichts von ihm hörte. Aber, wenn sie ehrlich war, glaubte sie nicht ernsthaft, dass Tobias an so etwas denken könnte.

Den ganzen Abend über versuchte Elisabeth, ihren Sohn anzurufen. Aber sie hatte keinen Erfolg. Nach einer mehr oder weniger schlaflos verbrachten Nacht entschloss sie sich, ihn auf der Arbeit anzurufen. Dort erfuhr sie dann zu ihrem Erstaunen, dass Tobias gekündigt hatte.

Als Peer Wessels nach Hause kam, spürte er sofort, dass etwas nicht stimmte.

»Betty, was ist denn los mit dir? Du warst gestern schon so komisch und heute scheinst du auch mit deinen Gedanken ganz woanders zu sein.«

»Es ist wegen Tobi. Er war seit über einer Woche nicht mehr hier. Gestern bin ich bei ihm vorbeigegangen, aber er war nicht zuhause. Eine Nachbarin erzählte mir dann, dass Tobi wohl verreist sei. Jedenfalls hat er gestern mit Hund und Reisetasche das Haus verlassen. Ich konnte mir das nicht vorstellen. Er hätte mir doch Bescheid gesagt, wenn er wegfährt. Deshalb habe ich heute früh bei seiner Arbeit angerufen. Und stell dir vor, Tobias hat seinen Job gekündigt. Und jetzt ist er weg. Was soll ich denn nur machen?«

Während ihrer Erzählung hatten sich auf Peers Stirn Zornesfalten gebildet. Gab es denn nie Ruhe? Musste der verdammte Bengel immer wieder Ärger machen? Er riss sich zusammen.

»Betty, dein Sohn ist seit vier Wochen volljährig. Er ist niemandem mehr Rechenschaft schuldig darüber, was er tut. Vielleicht hat er einen anderen Job gefunden, der besser bezahlt wird. Vielleicht hat er aber auch nur mal wieder keinen Bock, etwas zu tun. Das wäre ja auch nicht das erste Mal. Lass ihn laufen, wenn er nicht mehr weiter weiß, kommt er schon angekrochen. Hat er doch bisher immer gemacht.«

Elisabeth spürte, dass es wenig Sinn hatte, mit Peer über ihre Probleme zu sprechen. Er hatte Tobias nie gemocht und war froh gewesen, dass der Junge endlich aus dem Haus war. Also beschloss sie, ihre Sorgen für sich zu behalten. In den nächsten Tagen aber wurde sie immer stiller. Sie konnte Tobias weder auf dem Handy erreichen, noch war er in seiner Wohnung anzutreffen. In ihrer Verzweiflung hatte sie seinen Freund Kevin angerufen, aber der konnte oder wollte ihr nicht sagen, wo Tobias sich aufhielt. Am Freitag fasste sich Elisabeth ein Herz und suchte sich die Telefonnummer ihres Schwagers in Hamburg heraus. Walter meldete sich.

»Na, das ist ja mal eine Überraschung. Meine Schwägerin Lisbeth ruft mich an. Was kann ich denn für dich tun?«

Elisabeth schluckte den Ärger herunter, der sie immer noch überkam, wenn Walter sie mit Lisbeth anredete.

»Tobias ist weg. Ich wollte fragen, ob er sich bei dir gemeldet hat. Ich kann ihn seit über zwei Wochen nicht erreichen.«

»Weg? Wieso weg? Ich dachte, in seiner neuen Wohnung gefällt es ihm und alles ist jetzt gut.«

»Ja, das dachte ich auch. Aber er hat seinen Job gekündigt und eine Nachbarin von ihm hat mir erzählt, dass er mit dem Hund und einer Reisetasche vor etwa zwei Wochen das Haus verlassen hat. Seitdem hat niemand etwas von ihm gehört, auch nicht sein bester Freund Kevin. Das hat er mir zumindest versichert.«

»Was du aber nicht unbedingt glaubst, nicht wahr? Na ja, würde ich wohl auch nicht tun. Beste Freunde verpetzen sich nicht gegenseitig. Also, bei mir ist er nicht, falls du das vermutet haben solltest. Hat er denn außer Kevin noch andere Freunde oder vielleicht ein Hobby, wo er mit anderen Menschen zusammenkommt?«

»Andere Freunde? Das weiß ich nicht. Ich kenne nur Kevin. Aber er ist mit dem Hund hier in einen Hundeverein in Werne gegangen.«

»Na, dann frag da doch mal nach. Vielleicht hat er sich mit jemandem angefreundet und der weiß dann, was Tobias vorhatte. Allerdings …«

Walter Hahnemann machte eine kurze Pause.

»Wenn du dort auch nichts rausfindest und du den Jungen auch in den nächsten Tagen nicht erreichen kannst, solltest du vielleicht die Polizei einschalten. Hast du doch damals, als er zu mir nach Hamburg ausgebüxt ist, auch gemacht. Nur so zur Sicherheit, meine ich.«

Elisabeth erschrak. Sie hatte auch schon darüber nachgedacht, eine Vermisstenmeldung aufzugeben. Aber sie war davor zurückgeschreckt, weil sie das kaum vor Peer verheimlichen konnte. Und der würde nicht begeistert sein, wenn es wegen Tobias schon wieder zu Unruhe kam.

Andersherum, es war schließlich ihr Sohn und sie machte sich Sorgen. Also bedankte sie sich bei Walter und versprach, ihn auf dem Laufenden zu halten. Wenigstens er konnte verstehen, dass sie sich Gedanken machte. Sie setzte sich selbst eine Frist. Das Wochenende wollte sie noch abwarten. Am Montag waren es dann drei Wochen, die ohne eine Nachricht von Tobias vergangen waren. Wenn er sich bis Montag nicht bei ihr meldete, würde sie zur Polizei gehen, ganz gleich, was Peer davon hielt.

***

Am Sonntagmorgen herrschte helle Aufregung auf dem Hundeplatz an der B54. Irgendjemand war in der Nacht hier eingebrochen. Als Silvie mit ihrer kleinen Tochter und dem Hund auf den Platz kam, stand schon ein Streifenwagen der Polizei vor dem Tor. Die Erste Vorsitzende Barbara Ohlig sah sie bedauernd an.

»Heute ist leider kein Training möglich. Wir hatten einen Einbruch, wahrscheinlich letzte Nacht. Wir warten jetzt auf die Spurensicherung und so lange, bis die hier alles untersucht haben, darf niemand das Trainingsgelände betreten.«

»Einbruch? Hier? Ist denn etwas gestohlen worden?«

»Auf den ersten Blick nichts. Hier gibt es ja auch eigentlich gar nichts zu holen. Die Kasse nehme ich immer mit nach Hause und ansonsten sind hier wirklich keine Wertsachen gelagert. Mein Mann schaut sich gerade mit dem Platzwart noch einmal gründlich um. Ich hoffe, am Mittwoch können wir wieder ganz normal hier arbeiten. Für heute muss ich euch leider wieder nach Hause schicken.«

Silvie zuckte mit den Schultern.

»Kann man nichts machen. Dann gehen wir eben wieder zurück. War ja ein ganz schöner Spaziergang. Ich muss nur noch kurz meinen Mann anrufen, er wollte mich hier eigentlich abholen.«

In diesem Augenblick kam die Spurensicherung der Kreispolizeibehörde Unna vor dem Trainingsgelände an und aus dem Auto stieg auch Kommissar Jens Wischkamp. Er ging auf seine Frau zu.

»Ich habe mitbekommen, dass es hier einen Einbruch gegeben hat. Da dachte ich mir, ich fahre mal mit und schaue, ob ich helfen kann.«

Dann wandte er sich an die Vorsitzende des Vereins:

»Habt ihr schon irgendeinen Verdacht, wer hier eingebrochen hat und warum?«

Sie schüttelte den Kopf.

»Wir haben wirklich keine Ahnung. Die Schlösser sind offensichtlich mit einem Bolzenschneider durchtrennt worden. In der Hütte herrscht Chaos. Da hat irgendjemand was gesucht. Aber ob etwas fehlt und vor allen Dingen, was fehlen könnte, konnten wir bisher noch gar nicht feststellen. Nur Training gibt es heute nicht. Den Mitgliedern, die ich telefonisch erreicht habe, habe ich schon abgesagt. Aber deine Frau war offensichtlich schon unterwegs und hat sich den ganzen Weg nun umsonst gemacht. Tut mir leid.«

Silvie lächelte.

»Das ist kein Problem. Das Wetter ist doch schön und Kind und Hund müssen ohnehin an die frische Luft.«

Zu ihrem Mann gewandt, fuhr sie fort:

»Wir machen uns jetzt wieder auf den Heimweg. Du fährst ja sicher noch mal zurück zum Kommissariat, oder?«

»Weiß ich noch nicht, Liebes. Ich habe zwar mein Auto noch in Unna stehen, also wäre es eigentlich sinnvoll. Aber wenn nichts Besonderes mehr anliegt, könnte ich mich auch morgen früh von Verena abholen lassen. Ich ruf dich gleich noch mal an und sag dir, ob ich zurückfahre oder direkt nach Hause komme.«

Dann gab er Frau und Tochter einen Kuss, streichelte kurz den Hund und folgte seinen Kollegen auf das Trainingsgelände. Silvie drehte sich um, musste aber fast schon Gewalt anwenden, um den Hund zum Mitgehen zu bewegen. Der verstand im Augenblick die Welt nicht, denn er liebte das Training und nun passierte hier gar nichts. Kein anderer Hund weit und breit. Das war doch alles nicht richtig. Aber mit einem etwas unsanften Ruck an der Leine und dem gleich darauf folgenden Leckerli ließ sich auch Samy letztendlich dazu bewegen, unverrichteter Dinge den Heimweg anzutreten.

Als Jens später am Nachmittag nach Hause kam, sah sie ihn aufmerksam an.

»Habt ihr irgendetwas gefunden, was diesen seltsamen Einbruch erklärt?«

»Nicht wirklich. Wir haben jede Menge Fingerabdrücke gefunden, aber die meisten werden wohl von den Vereinsmitgliedern stammen.

In den Hütten hinter dem Vereinsheim fehlt nichts. Das Werkzeug und auch alle Trainingsgeräte sind noch vorhanden. Zwar wurden auch da die Schlösser aufgebrochen, aber mehr ist nicht passiert. Im Vereinsheim selbst ist einiges an Gläsern und Porzellan zu Bruch gegangen. Alle Schränke sind durchwühlt worden. Letztendlich ist aber nur ein Gegenstand verschwunden und da kann mir nicht einmal jemand sagen, ob der nur verlegt oder tatsächlich gestohlen wurde.«

»Und um was für einen Gegenstand handelt es sich?«

»Ein Schlüsselbund, an dem sich die Schlüssel zur Schranke, zum Tor und zu den Hütten befinden. Wer bricht denn bitteschön ein, macht alle Schlösser, zu denen diese Schlüssel passen, kaputt, geht dann wieder und nimmt nur diese Schlüssel mit? Das ist schon mehr als merkwürdig. Ob wir allerdings jemals die Chance haben werden, das herauszufinden, wage ich ernsthaft zu bezweifeln.«

Silvie nickte. Das war wirklich alles sehr merkwürdig,

obwohl…

»Vielleicht ist das doch nicht ganz so dumm, wie du denkst. Es gibt nämlich Ersatzschlösser auf Vorrat, falls mal eines kaputtgeht. Wenn an dem Schlüsselbund auch die Schlüssel für die Ersatzschlösser sind, dann hat der Einbrecher sich so eine Möglichkeit geschaffen, zurückzukommen, ohne dass er einen weiteren Einbruch begehen muss.«

»Liebes, das klingt nun aber mehr als abenteuerlich. Was ist denn auf dem Trainingsgelände und in den Hütten so interessant, dass man sich eine unberechtigte Zugangsmöglichkeit dazu verschaffen muss, und noch dazu mit einem solchen Aufwand?«

»Keine Ahnung. Mir kam eben nur einfach die Idee mit den Ersatzschlössern. Davon weiß fast jedes Mitglied im Verein.«

»Wenn du recht hättest mit deiner Vermutung, käme aber automatisch auch nur ein Vereinsmitglied als Täter infrage. Spielen wir das mal durch: Würde dir auf Anhieb jemand einfallen, dem du das zutraust?«

Silvie überlegte. Dann schüttelte sie den Kopf.

»Nein, nicht wirklich. Wir wollen doch alle nur in Ruhe trainieren und ein wenig Spaß haben. Ich wüsste wirklich nicht, wer da in Betracht zu ziehen wäre.«

»Ist dir an irgendeinem Vereinsmitglied etwas Besonderes aufgefallen? Hat es Streit gegeben auf dem Platz?«

»Ach, Meinungsverschiedenheiten gibt es immer mal. Aber meist regelt sich das sehr schnell wieder. Nein, ich wüsste nicht, das etwas Besonderes vorgefallen wäre.«

»Und die Mitglieder? Hat sich jemand seltsam oder anders verhalten als sonst?«

Wieder überlegte Silvie eine Weile.

»Nein, kann ich nicht sagen. Aber …«

Jens sah sie aufmerksam an.

»Dir ist also doch etwas aufgefallen.«

»Na ja, dieser junge Mann, Tobias, der mit dem Staffordshire Terrier, der ist von heute auf morgen nicht mehr zum Training gekommen. Ich habe rumgefragt, aber keiner wusste, warum. Dabei hat der Hund sich wirklich gut entwickelt. Aber trotzdem, ich glaube nicht, dass Tobias irgendwas Böses im Schilde führt. Er war so glücklich mit seinem Hund und so stolz darauf, was Elvis schon alles gelernt hatte. Barbara hat mir aber mal erzählt, er hätte nach einem Schlüssel gefragt, damit er außerhalb der Trainingszeiten auf den Platz kann. Das geht natürlich nicht. Aber dass er deswegen dort einbrechen könnte, glaub ich beim besten Willen nicht.«

»Dann lassen wir es mal dabei bewenden. Und jetzt komm, trinken wir Kaffee. Gibt es noch was von dem leckeren Mohnkuchen, den du gestern gebacken hast?«

Kurze Zeit darauf saßen die Wischkamps auf der Terrasse. Anna spielte in ihrer Sandkiste und Samy lag auf der Wiese und ließ das Kind nicht aus den Augen. Bei ahnten nicht, dass die Ruhe trügerisch war und gemütliche Sonntagnachmittage bei Kaffee und Kuchen schon bald nicht mehr stattfinden würden. Der Einbruch in den Hundeverein ließ sich jedenfalls nicht aufklären.

***

Der Montag war vergangen, ohne dass Tobias sich bei seiner Mutter gemeldet hatte. Inzwischen schien er sein Handy komplett ausgeschaltet zu haben. Abends unternahm Elisabeth einen Versuch, mit Peer über ihre Sorgen zu reden. Aber wie immer reagierte er barsch und abweisend.

»Betty, es wird langsam Zeit, dass du dich entscheidest. Tobias unternimmt all diese Dinge doch nur, um uns auseinanderzubringen.

Wenn er sieht, dass ihm das nicht gelingt, wird er damit aufhören. Irgendwann muss der Bengel ja mal erwachsen werden. Ich jedenfalls mache dieses Theater nicht mehr mit. Wenn du zur Polizei gehen willst, bitte schön. Ich sage dir aber gleich, du wirst dich lächerlich machen. Er ist volljährig. Die werden gar nichts unternehmen, nur weil er sich mal nicht bei seiner Mutter meldet. Und wenn die erfahren, dass es hier zuhause ohnehin nur Streit gegeben hat, denken die das gleiche wie ich. Er ist abgehauen, weil er seine Ruhe haben will. Oder, und das erscheint mir sogar noch wahrscheinlicher, er will dich weich kochen. Wenn du dir nur lange genug Sorgen machst, wird das zu Problemen zwischen uns führen. Darauf spekuliert er. Und ganz ehrlich, wenn das so weitergeht, wird er damit auch recht behalten. Ich kann langsam nicht mehr. Ich möchte gerne den Rest meines Lebens mit dir verbringen. Aber ich will dieses ständige Theater nicht mehr. Überleg dir also in Ruhe, wer dir wichtiger ist, dein offensichtlich missratener Sohn oder ich. Ich gehe jetzt zu Peter ein Bier trinken. Du kannst mir deine Entscheidung ja dann gerne später mitteilen.«

Elisabeth war wie vor den Kopf geschlagen. Drohte Peer ihr jetzt mit der Trennung? Das konnte er doch nicht machen. Sie liebte ihn doch. Aber Tobi war ihr Sohn und für den hatte sie schließlich die Verantwortung. Tränen liefen ihr übers Gesicht. Sie war völlig ratlos und wusste nicht, was sie tun sollte. Sie wollte Peer nicht verlieren. Aber musste sie sich deshalb von ihrem Sohn trennen lassen? Seufzend beschloss sie, noch bis zum Wochenende abzuwarten. Sollte es dann noch immer kein Lebenszeichen von Tobias geben, musste die Polizei einfach etwas unternehmen.

***

Elisabeth Hahnemann hatte eine schlaflose Nacht hinter sich. Peer war nicht nach Hause gekommen. Sie war verzweifelt. Machte er jetzt wirklich ernst und verließ sie wegen Tobias? Und wenn es so war, was war dann mit seinen Beteuerungen, dass er sie liebte und den Rest seines Lebens mit ihr verbringen wollte? Elisabeth griff zum Telefon und wählte die Mobilfunknummer von Peer Wessels. Es meldete sich aber nur die Mailbox. Kurz darauf klingelte ihr Telefon. Hastig nahm sie ab und hoffte, Peer oder Tobias würden sich bei ihr melden. Aber es war

Peers Arbeitskollege Peter, mit dem er gestern Abend noch ein Bier trinken wollte.

»Hallo, Frau Hahnemann. Hier spricht Peter Wirth. Sagen Sie, ist Peer vielleicht krank? Ich kann ihn telefonisch nicht erreichen und er ist bis jetzt noch nicht auf der Baustelle. Wir haben Terminarbeiten. Ich müsste wissen, ob er noch kommt oder ob ich mich um Ersatz kümmern muss.«

Elisabeth blieb fast das Herz stehen.

»Herr Wirth, ich weiß gar nicht, was ich jetzt sagen soll. Wir haben gestritten gestern Abend und Peer wollte zu Ihnen, um noch ein Bier zu trinken. Danach habe ich ihn nicht mehr gesehen. Er ist die ganze Nacht nicht nach Hause gekommen.«

Tränen erstickten ihre Stimme und am anderen Ende der Leitung blieb es eine Weile still. Dann räusperte sich Peter Wirth.

»Ehrlich, Frau Hahnemann, das tut mir jetzt leid. Aber Peer war gestern Abend nicht bei mir. Vielleicht wollte er sich ja mit einem anderen Kollegen treffen?«

»Gibt es denn noch einen Kollegen, der Peter heißt?«

»Nein, wohl nicht. Mensch, was ist denn da nur los? So schlimm kann ein Streit doch gar nicht sein, dass man einfach nicht nach Hause geht. Ich will Sie ja nicht unnötig beunruhigen, aber vielleicht hatte Peer einen Unfall? Rufen Sie doch einfach mal im Krankenhaus oder am Besten gleich bei der Polizei an. Und wenn Sie etwas hören, geben Sie mir bitte gleich Bescheid? Ich hoffe, da ist nichts Schlimmes passiert.«

Elisabeth notierte sich die Nummer von Peter Wirth und versprach, sich zu melden, wenn es Neuigkeiten gäbe. Dann griff sie entschlossen zu ihrer Jacke. Sie würde nicht im Krankenhaus oder bei der Polizei anrufen. Sie würde direkt zur Wache am Bahnhof gehen. Nun musste sie gleich zwei Vermisstenanzeigen aufgeben, obwohl sie sich sicher war, dass man die von Peer noch gar nicht bearbeiten würde. Er war schließlich erst eine Nacht weg. Trotzdem, sie musste jetzt einfach etwas tun. Mit gesenktem Kopf, immer wieder leise schluchzend, ging sie die Straße hinunter. Passanten, die ihr begegneten, betrachteten sie forschend, aber niemand sprach sie an. Der Fußweg zum Bahnhof dauerte nur etwa zehn Minuten. Bis dahin hatte Elisabeth sich wieder einigermaßen gefasst. Sie musste jetzt die Ruhe bewahren, damit sie den Beamten alles genau erzählen konnte. Irgendwie entglitt ihr im Augenblick ihr ganzes Leben. Ihr einziger Sohn – verschwunden. Der Mann, den sie liebte – verschwunden. Es war ein Albtraum, aber Elisabeth wusste, sie würde nicht einfach aufwachen und alles war wieder gut. Tief in ihrem Innern hatte sie das Gefühl, dass etwas Schreckliches auf sie zukommen würde. Sie wollte nicht wieder allein sein. Sie hatte sich so wohl gefühlt mit Peer an ihrer Seite. Das konnte doch jetzt nicht einfach alles vorbei sein.

***

Peer Wessels war wütend. Wütend auf Tobias, der immer nur Ärger machte, auf Betty, die sich viel zu sehr von dem Bengel vereinnahmen ließ und auf sich selbst. Er überlegte einen Moment. Noch war es nicht zu spät. Er konnte umdrehen, zurück ins Haus gehen, sich bei Betty entschuldigen und alles wäre wieder gut. Er hatte sein Leben genau geplant. Eine Frau war darin zunächst gar nicht vorgesehen, aber als er Betty kennenlernte, hatte er sich in diese warmherzige, allerdings auch recht unscheinbare Person auf den ersten Blick verliebt. Und nun steckte er in der Klemme. Als er vor knapp zwei Jahren seine Zelte in Bremerhaven abgebrochen hatte, hatte er sich Werne an der Lippe, diese hübsche Kleinstadt im Münsterland ausgesucht, um einen Neuanfang zu starten. Peer schlenderte die Straße entlang und dachte zurück. Gemeinsam mit seinem Kumpel Horst hatte er in Bremerhaven so manchen Bruch gemacht. Dann hatten sie eines Tages das große Los gezogen. Sie waren in eine Villa eingestiegen, hatten den Tresor geknackt und die sagenhafte Summe von mehr als 800.000 Euro in bar mitgenommen. Ihnen war sofort klar, dass sie untertauchen mussten. Peer entwickelte dann den Plan, dass sie das Geld verstecken und fünf Jahre lang nicht anrühren würden. Jeder von ihnen sollte in eine andere Stadt möglichst weit weg von Bremerhaven ziehen. Sie hatten Datum und Uhrzeit festgelegt, wann sie sich am Geldversteck treffen wollten, um zu teilen. Horst war einverstanden gewesen, zumal Peer ihm ein paar Tausender in die Hand gedrückt hatte.

»Das sollte reichen, damit du die erste Zeit überstehst. Such dir irgendwo einen Job und lebe so unauffällig wie möglich. Die fünf Jahre gehen schnell vorbei und dann haben wir beide ausgesorgt.«

Später, als er allein in seinem kleinen Appartement saß, kam ihm die Idee, dass es doch viel schöner wäre, wenn er die Beute nicht teilen müsste. Er rief seinen alten Freund Kalle an.

»Kalle, ich muss verschwinden, und zwar möglichst spurlos.«

Kalle Hermann war ein Meister im Fälschen von Ausweisdokumenten. Es war nicht ganz billig, aber mit Papieren von Kalle kam man überall zurecht. Später am Tag war er zu seinem Freund gefahren und hatte Passbilder dabei. Für 10.000 Euro in bar verschwand Michael Weber von der Bildfläche und Peer Wessels war geboren. Personalausweis, Führerschein, Geburtsurkunde und sogar ein polizeiliches Führungszeugnis bekam er dafür. Außerdem lag noch eine Abmeldebescheinigung eines Bremerhavener Vermieters bei, die er brauchte, um sich in einer anderen Stadt neu anmelden zu können. Noch am gleichen Abend hatte er seine Sachen gepackt, war zum Bahnhof gegangen und hatte eine Fahrkarte nach Werne gelöst. Die ersten zwei Nächte verbrachte er in einem kleinen Hotel. Er suchte sich eine Wohnung. Hier hatte er enormes Glück, denn es gab eine Zweizimmerwohnung, die frei war und in die er sofort einziehen konnte. Möbel waren schnell besorgt und ein gebrauchtes Auto kaufte er sich auch. Selbst einen Job fand Peer Wessels dank seiner einwandfreien Papiere innerhalb weniger Tage.

Noch einmal fuhr er zurück nach Bremerhaven, um das Geld aus dem Versteck zu holen. Horst würde ganz sicher nicht auf die Idee kommen, vor Ablauf der fünf Jahre nachzusehen, ob es noch da war.

Finden würde er ihn ohnehin nicht mehr, denn er kannte weder seinen neuen Namen noch wusste er von Kalle. Da bestand also keine Gefahr, dass er ihn aufspüren konnte. Das Geld wollte er trotz allem noch verstecken. Für Peer Wessels war es wichtig, zunächst nicht aufzufallen. Er führte also ein ganz normales Leben. Dann traf er Betty und zog bereits kurze Zeit später bei ihr ein. Er fühlte sich wohl und dachte daran, Betty irgendwann einfach zu erzählen, er habe im Lotto gewonnen. Er achtete peinlich genau darauf, dass sie jede Woche seinen Lottoschein abgab. Die Ziehung der Zahlen schaute er sich jedoch nie an.

»Ich lasse mich gerne überraschen. Wenn ich die Spielquittung nachsehen lasse, erfahre ich doch früh genug, ob ich gewonnen habe oder nicht. Denk einfach nicht an den blöden Lottoschein, wir gewinnen ohnehin nichts. Aber das brauchen wir auch nicht. Es geht uns doch gut.«

Betty hatte sich gefügt, so wie sie es immer tat. Wenn nur dieser Bengel nicht gewesen wäre. Der machte ihm sein schönes Leben immer wieder zur Hölle. Aber er konnte Betty einfach nicht davon überzeugen, sich von ihm loszusagen. Peer Wessels hatte den Stadtwald erreicht. Es war schon dunkel, aber das störte ihn nicht. Er war schon fast entschlossen, wieder zurück nach Hause zu gehen, als er ein Knacken im Gebüsch hörte. Dann traf ihn ein harter Schlag auf die linke Schulter. Stöhnend ging er in die Knie. Den nächsten Schlag an die Schläfe bekam er schon kaum noch mit. Er wurde ohnmächtig. Seinen Entschluss, zu Betty zurückzugehen, setzte Peer Wessels nie mehr in die Tat um.

***

Beim Tierschutzverein in Wuppertal waren schon seit geraumer Zeit diverse Anrufe besorgter Bürger eingegangen. Offensichtlich gab es in einem Gewerbegebiet in Sonnborn auffällig lautes Hundegebell. Häufig artete das Gebell in jämmerliches Jaulen und Schreien aus. Dazu seien immer wieder männliche Stimmen hörbar. Das Gelände, auf dem sich offensichtlich ein oder mehrere Zwinger befinden sollten, war aber von der Straße her nicht einzusehen. Einige der Anrufer meinten, dass dort vielleicht Hunde nicht artgerecht gehalten oder sogar illegal ausgebildet würden. Mit dem Ordnungsamt der Stadt Wuppertal habe man bereits gesprochen. Von dort seien Kontrollbesuche erfolgt, aber dabei war nichts anderes herausgekommen, als dass der Besitzer einige Wachhunde frei auf dem Gelände herumlaufen ließ. Ein Mitarbeiter des Tierschutzvereins hatte sich deshalb mit dem Ordnungsamt in Verbindung gesetzt. Bei dem betreffenden Grundstück sollte es sich um einen Schrottplatz handeln.

»Ich war selbst schon ein paar Mal draußen, weil auch bei uns einige Anrufe eingegangen sind. Der Betreiber hält mehrere Hunde zur Bewachung des Platzes, die frei rumlaufen und eben auch mal bellen. In einem Gewerbegebiet ist das doch nichts Ungewöhnliches.«

»Da mögen Sie ja recht haben«, meinte der Tierschützer. »Aber wir müssen solchen Anrufen trotzdem nachgehen. Können Sie mir nicht einen Mitarbeiter des Ordnungsamtes zur Seite stellen? Dann fahren wir da hin, schauen uns um und wenn alles in Ordnung ist, dann weiß ich wenigstens, was ich den Anrufern am Telefon sagen kann. Wenn nicht, muss ich ohnehin Polizei und Staatsanwaltschaft einschalten.«

»Na, nun machen Sie mal keine so große Geschichte daraus.« Franz Gehrke vom Wuppertaler Ordnungsamt reagierte ungehalten. »Gut, gut, nächste Woche Montag um 10 Uhr treffen wir uns vor dem Grundstück und sehen nach dem Rechten. Ich bin sicher, da steckt gar nichts dahinter.«

Klaus Wilke vom Tierschutzverein war zufrieden. Ein wenig wunderte er sich schon, dass das Ordnungsamt offensichtlich kein Interesse am Tierschutz zeigte. Aber mit solchen Dingen hatten sie tagtäglich zu kämpfen. Er war jedenfalls beruhigt, dass er am Montag nachschauen konnte, ob es mit den Hunden auf dem Grundstück alles seine Ordnung hatte.

***

Am Montagmorgen um 10 Uhr standen Klaus Wilke vom Wuppertaler Tierschutzverein und Franz Gehrke vom Ordnungsamt der Stadt Wuppertal vor dem besagten Grundstück. Sie klopften an das Holztor. Drinnen ertönte sofort lautes Gebell. Dann kam ein scharfes Kommando von einer Männerstimme und das Bellen hörte auf. Die Tür öffnete sich aber erst einige Minuten später. Ein Mann in den 30ern mit Glatze und zahlreichen Tätowierungen sah die beiden Männer unwillig an.

»Was wollen Sie?«

»Ordnungsamt der Stadt Wuppertal, Gehrke mein Name, aber das wissen Sie ja bereits, Herr Bartkowski. Das ist Herr Wilke vom Tierschutzverein in Wuppertal. Der Tierschutz hat Anrufe bekommen, dass hier möglicherweise ein illegales Trainingsgelände für Hunde sein soll. Wir würden uns deshalb gern einmal umschauen.«

»Nicht schon wieder. Sie waren doch schon ein paar Mal hier. Muss ich Sie denn überhaupt hereinlassen?«

»Nein, das müssen Sie nicht. Allerdings wäre das ein Indiz für mich, dass hier etwas nicht in Ordnung ist. Dann besorgen wir uns einen richterlichen Beschluss und kommen mit der Polizei wieder. Und dann müssen Sie uns hereinlassen, ob Sie wollen oder nicht.«

Der Mann kratzte sich hinter dem Ohr. Dann trat er beiseite und gab den Zugang zum Grundstück frei.

»Bitte, Sie können sich gern umsehen. Das ist ein ganz normaler Schrottplatz und ich halte hier zwei Dobermänner, einen Rottweiler und einen American Staffordshire Terrier als Wachhunde. Es wird viel geklaut. Wenn die Hunde anschlagen, traut sich niemand auf das Gelände.«

»Ein Schrottplatz ist aber normalerweise geöffnet. Hier können ja gar keine Kunden rein.«

»Wir arbeiten nur mit Stammkunden. Die kündigen ihren Besuch vorher an. Dann sperre ich die Hunde weg und alles ist gut.«

»Die Hunde sind also jetzt in einem Zwinger?«

»Nein, ich habe keinen Zwinger hier. Sie sind in dem Container da drüben, da habe ich mein Büro drin. Rauslassen tue ich sie aber jetzt nicht, denn sie reagieren oft etwas aggressiv, wenn Fremde hier sind. Sie können aber gern einen Blick durch das Fenster werfen.«

Klaus Wilke ging auf den Container zu und schaute durch das Fenster hinein. Drinnen lagen die vier Hunde auf Decken am Boden. Spielzeug lag herum, nichts deutete darauf hin, dass hier ein Fall von schlechter Haltung vorlag.

»Und das sind wirklich alle Hunde, die Sie hier haben?«

»Ja sicher, vier reichen ja wohl auch, um das Gelände zu bewachen. Und wie Sie sehen, liegen die Tiere ganz friedlich auf ihren Decken. Hören Sie, ich finde Tierschutz gut und wichtig. Und hier bei uns werden Sie nichts finden, was dem Tierschutzgesetz widerspricht. Wir lieben unsere Hunde und sie sind die besten Wachleute, die man kriegen kann. Sind auch teuer genug. Da sind ja alles Listenhunde, für die ich das Doppelte und Dreifache an Hundesteuer bezahle, von Futter- und Tierarztkosten mal ganz abgesehen. War es das jetzt?«

«Dann sind die Hunde also ordnungsgemäß angemeldet?«

»Natürlich sind sie das. Wollen Sie den Steuerbescheid und die Haltergenehmigung sehen? Hundebesitzer ist mein Kompagnon, aber die Papiere habe ich natürlich hier, damit ich sie jederzeit vorlegen kann.«

Franz Gehrke erwiderte: »Ich denke, das wird nicht notwendig sein. Das habe ich ja bereits alles gesehen. Offensichtlich ist hier ja alles in bester Ordnung.«

Klaus Wilke nickte. Gemeinsam mit Franz Gehrke vom Ordnungsamt verließ der das Gelände wieder. Das Tor wurde hinter ihnen sofort verriegelt.

»Komischer Typ«, meinte der Tierschützer.

»Ja, aber das ist ja nicht strafbar. Und wie er sein Geschäft führt, kann ihm auch niemand vorschreiben. Sie haben jetzt gesehen, es ist alles in Ordnung. Nun können Sie die Anrufer beruhigen und das Gebell erklären. Ich fahre dann zurück ins Amt.«

Klaus Wilke zuckte mit den Schultern, setzte sich ebenfalls in sein Auto und fuhr weg. Als Franz Gehrke sicher war, das der Tierschützer außer Sicht war, stieg er wieder aus dem Auto und klopfte erneut an das Tor. Diesmal blieben die Hunde still. Er schlüpfte durch den schmalen Spalt, der sich geöffnet hatte und klopfte dem Mann auf die Schulter.

»Das hast du echt gut gemacht. Den sind wir erst einmal los. Wie weit seit ihr mit dem Bau der Halle?«

»Der Bau ist fertig, morgen ist die Endabnahme durch das Bauamt. Danach kümmern wir uns um die Dämmung. Sobald das Ding schalldicht ist, verlegen wir das Training nach drinnen. Da sind dann auch die Boxen für die Pensionshunde untergebracht. In spätestens zwei Wochen ruft kein besorgter Bürger mehr beim Tierschutz an. Ich bin bloß froh, dass der nicht das ganze Gelände sehen wollte. Danke für den Tipp. Wir haben den anderen Hunden heute früh Beruhigungsmittel verabreicht, damit sie die Schnauze halten. Blöd ist nur, dass damit jetzt ein ganzer Trainingstag wegfällt und ich muss Termine einhalten.«

Als Franz Gehrke zurückging zum Auto, wischte er sich den Schweiß von der Stirn. Er kannte Tom Bartkowski seit seiner Jugend. Während Franz nach seinem Abitur eine Ausbildung bei der Stadtverwaltung in Wuppertal begonnen hatte, wollte Tom studieren. Irgendwann geriet er dann auf die schiefe Bahn und hatte wegen schwerer Körperverletzung einige Jahre im Gefängnis gesessen. Wie es schien, waren sich die beiden Männer ganz zufällig vor ein paar Jahren wieder über den Weg gelaufen. Bartkowski erzählte freimütig von seiner Haft und erklärte, er hätte eine Geschäftsidee, die ihn im Leben draußen wieder Fuß fassen lassen sollte. Aber dafür brauchte er Hilfe. Als Franz Gehrke ihm erzählte, dass er nun im Ordnungsamt der Stadt Wuppertal arbeitete, sagte Tom:

»Na, dich schickt mir ja wohl der Himmel. Ich habe ein Grundstück im Gewerbegebiet Sonnborn angemietet und will dort einen Schrotthandel eröffnen. Meine Gewerbeanmeldung liegt vor. Aber wenn es mal Probleme geben sollte, zum Beispiel wegen meiner Wachhunde, dann weiß ich ja jetzt, an wen ich mich wenden kann. Du hilfst mir doch sicher gern, wieder ein ehrbarer Bürger zu werden, nicht wahr, Franz? Und es soll auch dein Schaden nicht sein.«

»Tom, ich bin Beamter. Ich muss mich an die gesetzlichen Vorschriften halten, sonst riskiere ich meinen Job und meine Pension. Was meinst du damit, es soll mein Schaden nicht sein? Willst du mich etwa bestechen?«

»Bestechen? Das ist ein schlimmes Wort. Sagen wir mal so, eine Hand wäscht doch die andere. Wenn du eventuelle Beschwerden für mich abbügelst oder mir rechtzeitig einen Tipp zukommen lässt, dass mein Betrieb kontrolliert werden soll, werde ich mich dafür erkenntlich zeigen. Ich habe mich mal ein wenig umgehört. Du scheinst finanziell nicht gerade auf Rosen gebettet zu sein.«

»Woher weißt du das denn?«

»Man hat eben so seine Beziehungen. Ich weiß jedenfalls, dass du eine ganze Menge Spiel- und Wettschulden hast und nicht weißt, wie du sie bezahlen sollst. Was ich von dir möchte, ist doch nicht kriminell. Ein kleiner Tipp hier und da, etwas Unterstützung gegenüber den Behörden, das tut doch niemandem weh. Im Gegenzug habe ich das nötige Kleingeld, um dir aus deinen Schwierigkeiten herauszuhelfen. Von diesem Zusatzeinkommen muss doch niemand etwas erfahren. Wir regeln das einfach in bar, regelmäßig jeden Monat, ob ich deine Hilfe nun in Anspruch nehmen muss oder nicht. Was meinst du, haben wir einen Deal?«

Franz Gehrke hatte nicht mehr lange gezögert. Es stimmte, er steckte tatsächlich in ernsthaften Schwierigkeiten. Wenn er nicht binnen einer Woche seine Spielschulden bezahlen würde, wollte man ihn anzeigen. Das hätte seinen Job gefährdet und auf den war Gehrke angewiesen.

»Über wie viel Geld reden wir denn gerade?«

Tom griff in seine Jackentasche und zog einen Umschlag heraus.

»Hier sind erst mal 10.000 Euro drin, das sollte reichen, um die größten Probleme zu beseitigen. Ich würde sagen, du kommst immer so um den Ersten herum bei mir vorbei und holst dir dein Geld. Was hältst du von 2.500 Euro jeden Monat?«

Franz Gehrke schluckte. Im wurde in diesem Moment klar, dass an diesem Treffen rein gar nichts zufällig gewesen war. Tom hatte ihn ganz bewusst gesucht. Das Geld würde alle seine Probleme auf einen Schlag lösen. Aber dass Tom nur für ein paar Tipps rund um einen an sich harmlosen Schrotthandel so viel Geld bezahlen wollte, daran glaubte Franz Gehrke nicht eine Sekunde. Da lief etwas Illegales und er würde sich mit Sicherheit strafbar machen, wenn er da mitmachte. Tom bemerkte das Zögern, sah aber auch das gierige Flackern in Franz Augen.

»Mensch, wir sind doch Freunde, Franz. Selbst wenn jemand mitkriegt, dass du ab und an mal Geld von mir bekommst. Das können wir doch erklären mit unserer alten Freundschaft. Also überleg nicht lange, schlag ein.«

Tom hielt ihm die Hand entgegen und Franz Gehrke warf alle seine Bedenken über Bord. Er ergriff die Hand und steckte dann auch schnell den Umschlag mit dem Geld ein. Dann nahm er Toms Visitenkarte mit der Geschäftsadresse und einer Handynummer in Empfang.

»Deine Telefonnummer im Amt habe ich mir schon besorgt, Franz. Ich melde mich, wenn ich deine Hilfe brauche. War schön, dich wiederzusehen. Mach's gut.«

Dann drehte Tom sich um und verschwand im Strom der Fußgänger in der Wuppertaler Innenstadt.

Das war vor ungefähr vier Jahren passiert. Zunächst hörte Franz nicht viel von seinem Freund. Dann gingen ein paar Beschwerden ein, ähnlich wie die, wegen der er heute mit dem Tierschutz bei Tom gewesen war. Er rief Tom an, kündigte den Besuch des Ordnungsamtes an und wenn er vor Ort war, war immer alles in Ordnung. An sein zusätzliches Einkommen hatte er sich inzwischen so gewöhnt, darauf wollte er nicht verzichten. Trotzdem hatte er Tom eines Tages gefragt, wieso es immer wieder zu Beschwerden wegen zu lauter Hunde kommen würde. Da hatte Tom ihn ins Vertrauen gezogen.

»Ich bilde auf dem Schrottplatz Hunde aus. Da ist es eben manchmal etwas lauter.«

»Hast du denn Erfahrung damit? Und vor allen Dingen, hast du eine Genehmigung, gewerbsmäßig eine Hundeschule zu betreiben?«

»Natürlich nicht, Franz. Eine Genehmigung würde ich auch gar nicht kriegen, dafür braucht man nämlich ein einwandfreies polizeiliches Führungszeugnis. Bei meinen Vorstrafen brauche ich das gar nicht zu versuchen. Hundeschule ist vielleicht auch nicht der ganz richtige Ausdruck. Komm mal vorbei, dann zeige ich dir, was ich meine.«

Franz schwante Böses, als er am nächsten Nachmittag nach Sonnborn fuhr und er sollte sich nicht täuschen. Tom führte ihn ins Büro und schaltete den Videorekorder ein. Auf dem Fernsehbildschirm erschienen bösartig aussehende Hunde, die von sehr zwielichtigen Gestalten geführt wurden.

»Das sind ja alles Kampfhunde.«

»Franz, du als Beamter des Ordnungsamtes solltest wissen, dass die offizielle Bezeichnung Listenhunde lautet.«

»Wie du sie nennst, ist doch egal. Das sind aber nicht deine Hunde, oder?«

»Nein. Auf dem Bildschirm, das sind alles Hunde, die ich ausgebildet habe. Die Halter bringen sie hierher, die Hunde bleiben etwa drei Monate. Danach bekommt der Halter eine Einweisung, wie er mit seinem Hund umzugehen hat. Das ist die eine Seite meines Geschäfts. Die andere ist die, dass ich selber züchte. Natürlich inoffiziell, wenn du verstehst, was ich meine. Meine Zuchttiere sind nicht angemeldet und bekommen auch keine offiziellen Papiere. Ich bilde die jungen Hunde selber aus und verkaufe sie dann. Das bringt jede Menge Kohle und davon profitierst du ja schließlich auch, nicht wahr, mein Lieber?«

Franz blieb stumm, nickte aber. Das entwickelte sich hier ganz und gar nicht so harmlos, wie er sich das gedacht hatte. Vielleicht war es an der Zeit, den Deal, den er mit Tom hatte, aufzukündigen. Die Beschwerden häuften sich in letzter Zeit. Man durfte sein Glück nicht allzulange herausfordern.

»Tom, das ist alles illegal und wird mit hohen Strafen belegt.«

»Ja, aber nur, wenn man sich erwischen lässt. Damit mir das nicht passiert, bezahle ich dich ja. Du wirst das verhindern.«

»Tom, das geht nicht mehr. Ich bitte dich, um unserer alten Freundschaft willen, hör mit dem Quatsch auf. Betreib deinen Schrotthandel und wir vergessen das Ganze einfach. Ich will da nicht mit reingezogen werden.«

Tom Bartels lachte und dieses Lachen klang alles andere als freundlich.

»Du steckst doch schon bis zum Hals mit drin. Was glaubst du, werden deine Vorgesetzten sagen, wenn ich denen erzähle, dass ich dieses Ausbildungscamp für Kampfhunde nur deshalb aufbauen konnte, weil du mir gegen eine fürstliche Bezahlung ständig den Rücken freigehalten hast?«

Franz erschrak.

»Das würdest du doch nicht tun, Tom. Wir sind doch Freunde.«

»Freunde? Wir? Wovon träumst du denn nachts? Ich habe dich gesucht, weil ich einen Trottel gebraucht habe, der mir von Zeit zu Zeit die richtigen Tipps gibt. Meine Freunde«, und damit deutete er auf den Bildschirm, »sind Männer wie die da. Männer, die sich im Leben nehmen, was sie haben wollen. Männer, die Hunde brauchen, die sie immer und überall beschützen. Hunde, die von Tom Bartkowski ausgebildet werden, sind gefährlicher als jede Waffe. Meine Tiere sind in ganz Europa gefragt. Meine Kunden bezahlen mir viel Geld für einen fertig ausgebildeten Hund. Das lass ich mir von dir ganz sicher nicht kaputt machen, mein Freund.«

Die letzten beiden Worte hatte er sehr höhnisch ausgesprochen und sah Franz nun herausfordernd an. Der hatte blitzschnell überlegt, was alles passieren würde, wenn Tom Ernst machen und seinen Vorgesetzten einen Tipp geben würde.

»O.k., aber es muss was passieren. Das mit dem ständigen Hundegebell und auch die Schreie der Tiere, über die sich manche Anwohner ernsthaft Gedanken machen, muss aufhören, und zwar so schnell wie möglich. Ich mache dir einen Vorschlag: Es bleibt alles so, wie es ist. Aber du musst eine Halle bauen lassen, eine, die absolut schalldicht ist. Dann verlagerst du dein Training in diese Halle. Niemand wird mehr etwas hören und alle sind zufrieden. Da du jetzt einige Male aufgefallen bist, wird es in regelmäßigen Abständen weitere Kontrollen geben. Darüber informiere ich dich wie gewohnt. Außerdem helfe ich dir bei den Bauanträgen für die Halle. Ich kenne da auch einen Unternehmer, den ich dir vermitteln kann.«

Etwas unsicher sah Franz sein Gegenüber an. Der schien einen Moment zu überlegen, dann legte sich ein breites Grinsen über sein Gesicht.

»Du bist gar nicht so blöd, wie ich dachte. Das mit der Halle ist eine Superidee. Genauso machen wir das. Leite schon mal alles in die Wege. Das Grundstück ist groß genug, wir können es ja als Lagerhalle deklarieren. Musst du irgendwen schmieren, damit ich die Genehmigung bekomme?«

Franz schüttelte den Kopf.

»Ein solcher Bau ist legal und hier im Industriegebiet macht auch die Genehmigung keine Probleme. Den Schallschutz solltest du aber erst nach der Endabnahme durch das Bauamt anbringen lassen, damit die keine überflüssigen Fragen stellen.«

Franz fieberte dem Tag entgegen, an dem die Halle endlich fertig sein würde. So was wie heute, eine Kontrolle mit Beteiligung des Tierschutzes, das brauchte er nicht noch einmal. Aber damit würde es ja bald ein Ende haben.

***

Auf dem Hundeplatz in Werne war Ruhe eingekehrt. Zwar unterhielten sich die Mitglieder hin und wieder noch über den Einbruch, aber es war nichts weiter passiert und so geriet das Ganze bald in Vergessenheit. Die Versicherung hatte den Schaden bezahlt und alles war in Ordnung. Silvie Wischkamp liebte es, mit ihrem Hund hier zu trainieren. Der Kleine hatte schon sehr viel gelernt und war dank vieler Tipps von Trainern und anderen Hundehaltern auch zuhause inzwischen viel ruhiger geworden. Anna sah im Trainingsgelände so etwas wie ihr zweites Zuhause. Der kleine Sonnenschein war bei allen Mitgliedern ausgesprochen beliebt. Um die Betreuung musste sich Silvie keine Gedanken machen, wenn sie mit dem Hund am Training teilnahm. Anna spielte auf der Terrasse und immer hatte jemand einen aufmerksamen Blick auf das Kind, damit nichts passieren konnte. Wann immer Kommissar Wischkamp Zeit hatte, begleitete er Frau und Tochter. Er packte auch an den Arbeitstagen kräftig mit an, um bei der Pflege der Anlage zu helfen. Nur ein offizielles Amt im Verein lehnte er kategorisch ab.

»Ich habe wechselnde Arbeitszeiten, häufig auch Bereitschaft am Wochenende. Ich könnte niemals zuverlässig garantieren, dass ich irgendwelche Termine einhalten kann. Sucht euch dafür lieber einen anderen.«

Silvie brachte oft ihre Fotoausrüstung mit. Sie hatte die Arbeit in dem Fotostudio inzwischen ganz aufgegeben. Um nichts in der Welt wollte sie es versäumen, ihre kleine Tochter aufwachsen zu sehen. Vielleicht käme ja irgendwann noch ein Geschwisterchen dazu. Aber das Fotografieren war natürlich noch immer ihre große Leidenschaft. Deshalb hatte sie die Idee, möglichst viele Fotos während des Trainings zu machen. Daraus ließ sich bestimmt ein hübsches Fotobuch herstellen, dass sie dann den Mitgliedern zum Kauf anbieten wollte. Der Vorstand war von der Idee sehr angetan.

»Wir haben ja bald unser 25jähriges Jubiläum. Glaubst du, du bekommst das bis dahin hin? Wir würden dann nämlich schon einmal für jeden unserer ehrenamtlichen Trainer ein Buch als Geschenk kaufen.«

Silvie nickte. Sie hatte schon eine Menge Material zusammen. Das Jubiläum war ja erst im August, bis dahin war noch viel Zeit. Sie hatte inzwischen ein Gewerbe als freiberufliche Fotografin angemeldet. Fotobücher waren ohnehin ihre große Leidenschaft. Damit ließ sich sicher nebenbei noch ein wenig Geld verdienen. Das Buch über den Hundeverein konnte sie selbst gut zu Werbezwecken nutzen, deshalb musste es so perfekt wie möglich ausfallen.

***

Jens war mal wieder in der Polizeiwache in Werne vorbeigefahren. Das machte er häufig, nicht zuletzt deshalb, weil es dort immer einen leckeren Kaffee für den Kommissar der Kripo in Unna gab. Er unterhielt sich mit Christian Wörner, einem Polizisten, mit dem er schon häufig gut zusammengearbeitet hatte.

»Und was ist in Werne so los im Augenblick?«

»Nicht viel, dem Himmel sei Dank. Ein Einbruch in einem Einfamilienhaus, ein paar Verkehrssünder und zwei Vermisstenmeldungen. Bei denen sind wir uns allerdings gar nicht sicher, ob die Beiden nicht freiwillig verschwunden sind.«

»Vermisstenmeldungen? Du weißt, da werde ich immer hellhörig. Letztes Jahr hatten wir doch auch schon so etwas.«

»Ja, stimmt. Aber dieses Mal sieht die Sache ganz anders aus. Das Einzige, was merkwürdig erscheint, ist die Tatsache, dass die beiden vermissten Männer aus ein und demselben Haushalt stammen.«

Dann erzählte Christian in kurzen Worten alles, was er von Elisabeth Hahnemann zum Verschwinden ihres Sohnes und ihres Lebensgefährten erfahren hatte.

»Habt ihr denn schon irgendetwas in Erfahrung bringen können?«

»Nein, gar nichts. Der Junge ist mitsamt seinem Hund etwa drei Wochen vor dem Lebensgefährten von Frau Hahnemann verschwunden. Da besteht also wahrscheinlich kein Zusammenhang. Wir haben in

Tierheimen in der Umgebung nachgefragt, aber ein Staff ist da nirgendwo als Fundtier aufgetaucht. Der Junge ist volljährig. Wenn der sich entschließt, von zuhause abzuhauen und seiner Mutter nichts zu sagen, sind uns die Hände gebunden. Er ist in der Kartei, aber ich fürchte, wenn er nicht gefunden werden will, werden wir ihn so schnell auch nicht finden. Was diesen Peer Wessels anbelangt: Frau Hahnemann hat erzählt, dass es zu erheblichen Streitigkeiten gekommen ist wegen des Sohnes. Vielleicht hatte der einfach die Nase voll und hat sich abgesetzt.«

»Aber hätte er ihr das nicht gesagt? Wie lange waren die Beiden denn schon liiert?«

»Knapp zwei Jahre, glaube ich. Es wäre sicher nicht die feine Art, sich ohne ein Wort aus dem Staub zu machen. Aber er hat sich ja schon lange mit dem Sohn und auch mit der Mutter gestritten. Wenn er keinen Bock auf weitere Auseinandersetzungen hatte, kann ich das schon irgendwie verstehen. Du nicht auch?«

»Ich kann da nicht mitreden, glaube ich.«

»Ja, du hast mit deiner Frau ja auch das große Los gezogen.«

Jens nickte lächelnd. Da hatte der junge Kollege ganz recht. Die Ehe mit Silvie war wunderbar. Sie stritten sich überhaupt nicht. Manchmal gab es Meinungsverschiedenheiten, sie waren schließlich zwei eigenständige und charakterstarke Menschen. Aber das diskutierten sie dann aus und danach war auch alles wieder gut.

»Meine Frau, das perfekte Stichwort. Heute nachmittag ist Hundeplatz angesagt und da ich endlich mal wieder pünktlich Feierabend habe, gehe ich da jetzt hin. Ich werde mich in die Sonne setzen, gemütlich ein Bier trinken und mir ansehen, wie meine liebe Frau sich mit diesem Racker von Hund auf dem Platz abquält.«

Lachend gab ihm Christian Wörner einen Klaps auf die Schulter.

»Dann wünsche ich dir einen geruhsamen Feierabend, mein Lieber. Meine Schicht geht noch bis 18 Uhr, dann habe ich auch frei. Aber auf mich wartet Gartenarbeit bei meinen Eltern. Die schaffen das einfach nicht mehr allein.«

In diesem Moment klingelte das Telefon. Jens war schon fast durch die Tür, als er hörte, wie Christian den Namen Tobias Hahnemann nannte. Er blieb stehen und wartete ab. Nach kurzer Zeit beendete Christian das Telefonat.

»Ging es da gerade um den jungen Mann, der vermisst wird?«

»Ja, du wirst es nicht glauben. Kollegen von der Polizei in Wuppertal haben ihn gesehen. Sie hatten erst kurz zuvor unsere Fahndungsmitteilung erhalten. Sie haben den jungen Mann angesprochen. Er konnte sich ordnungsgemäß ausweisen und hat ihnen auf Nachfrage erklärt, dass er beschlossen hätte, abseits von Werne zu leben. Dass er seine Mutter über seine Pläne nicht informiert habe, sei ja wohl seine Angelegenheit. Damit hat er natürlich recht. Ich werde also jetzt Frau Hahnemann darüber informieren, dass es ihrem Sohn offensichtlich gut geht.«

»Ja, und dass er ganz offensichtlich zumindest vorläufig nichts mit seiner Mutter zu tun haben will. Das ist sicher nicht ganz einfach für die Frau. Aber das ist kein Fall für die Polizei. Ich bin dann mal weg, schönen Feierabend.«

Christian Wörner nickte, hob grüßend die Hand und griff zum Telefon, um Elisabeth Hahnemann darüber zu informieren, dass die Polizei nicht weiter nach Tobias suchen würde.

***

Elisabeth Hahnemann stützte den Kopf in die Hände. Tränen liefen ihr über das Gesicht. Einerseits war sie erleichtert, dass es Tobias offensichtlich gut ging. Andererseits stand sie vor einem Riesenproblem. Von Peer hatte sie noch immer nichts gehört. Ohne seine Hilfe war sie aber nicht in der Lage, die zusätzliche Miete für Tobias Wohnung in Werne zu bezahlen. Einfach auflösen wollte sie die Wohnung aber auch nicht, zumindest nicht, bevor sie mit Tobias gesprochen hatte. Sie überlegte Hin und Her und kam schließlich zu dem Entschluss, noch einmal mit Kevin Brückner zu sprechen. Er war doch Tobis bester Freund. Vielleicht wusste er doch etwas über dessen Pläne, auch wenn er das bisher immer vehement verneint hatte. Entschlossen stand sie auf, wusch sich das Gesicht, nahm Jacke und Tasche und verließ die Wohnung. Als sie vor dem Elternhaus von Kevin stand, kamen ihr leise Zweifel. Ob er überhaupt zuhause war? Aber dann straffte sie die Schultern und klingelte entschlossen an der Haustür. Frau Brückner öffnete und sah Elisabeth erstaunt an.

»Frau Hahnemann? Was machen Sie denn hier? Gibt es Neuigkeiten von Tobias?«

Elke Brückner wusste natürlich, dass Tobias verschwunden war. Kevin hatte das kurz erwähnt, sich aber dann nicht weiter dazu geäußert.

»Ja, die gibt es. Und ich muss unbedingt noch einmal mit Kevin reden. Ist er da?«

Elke Brückner nickte und bat Elisabeth ins Haus. Dann rief sie ihren Sohn. Etwas missmutig betrat Kevin das Wohnzimmer. Schon wieder Tobias Mutter, dachte er. Sie hat mich doch schon drei Mal draußen abgefangen und ausgefragt. Was will sie denn jetzt hier schon wieder.

»Guten Morgen, Kevin«, begann Elisabeth etwas unsicher.

»Kevin, ich möchte dich bitten, noch einmal genau nachzudenken, ob du nicht doch etwas darüber weißt, was Tobias vorhatte. Die Polizei hat mir mitgeteilt, dass sie die Suche nach ihm eingestellt haben. Er wurde in Wuppertal gesehen und ist offensichtlich wohlauf. Da er volljährig ist, gibt es keinen weiteren Grund, die Vermisstenanzeige aufrecht zu erhalten. Hat er dir irgendwann mal etwas darüber erzählt, dass er nach Wuppertal will und warum? Bitte, Kevin, denk nach. Es ist ungeheuer wichtig für mich.«

Tränen schwangen schon wieder in ihrer Stimme, aber Kevin schüttelte nur den Kopf.

»Ich habe Ihnen das doch nun schon oft genug gesagt. Ich weiß nicht, wo Tobias ist und was er vorhat. Ich habe seit Wochen nichts mehr von ihm gehört.«

Elke Brückner sah Elisabeth mitleidig an. Es musste schrecklich sein, wenn der eigene Sohn von zuhause fortlief. Sie mochte Tobias nicht besonders und hatte am Anfang auch immer wieder versucht, die Freundschaft zwischen ihm und Kevin zu verhindern. Aber als Tobias sich dann eine Arbeit gesucht hatte, schien er den richtigen Weg gefunden zu haben und so tolerierte sie es, dass er Kevin auch hier zuhause besuchte.

»Frau Hahnemann, das ist sicher ganz schlimm für sie, dass Ihr Sohn sich nicht bei Ihnen meldet. Was sagt denn Ihr Lebensgefährte dazu? Hat er keine Ahnung, warum Tobias weggelaufen ist?«

In diesem Augenblick brach Elisabeth in Tränen aus.

»Peer ist auch weg. Etwa drei Wochen, nachdem Tobias sich nicht mehr gemeldet hatte, hatten wir einen Streit, weil ich zur Polizei gehen und meinen Jungen als vermisst melden wollte. Peer verließ die Wohnung. Er wollte mit einem Freund ein Bier trinken gehen. Seitdem habe ich ihn nicht mehr gesehen. Bei seinem Freund ist er jedenfalls nicht gewesen, das habe ich inzwischen herausgefunden.«

Als Kevin das hörte, wurde er ein wenig blass und zunehmend nervös. Elisabeth fiel das nicht auf, weil sie viel zu sehr mit sich selbst beschäftigt war. Aber Elke Brückner waren die Veränderungen an ihrem Sohn nicht entgangen. Der verließ jetzt einfach das Wohnzimmer und ging in sein Zimmer im ersten Stock des Hauses. Elke Brückner versuchte, Elisabeth so gut wie möglich zu beruhigen, und brachte sie dann zur Haustür.

»Ich hoffe für Sie, dass Ihr Sohn sich bald eines Besseren besinnt. Sehen Sie es erst einmal positiv, dass ihm nichts zugestoßen ist und es ihm gut geht. Und das mit Ihrem Freund, das kommt sicher auch wieder in Ordnung.«

Elisabeth nickte, bedankte sich und ging zurück nach Hause. Elke Brückner versuchte, mit Ihrem Sohn zu sprechen, aber der schaltete wie gewöhnlich auf stur.

»Lass mich doch einfach in Ruhe. Ich weiß nicht, wo Tobi ist, sonst hätte ich es seiner Mutter schon gesagt.«

»Und warum bist du so nervös geworden, als Frau Hahnemann vom Verschwinden ihres Lebensgefährten erzählt hat?«

»Bin ich doch gar nicht, das bildest du dir nur ein. Geh jetzt endlich, ich will Musik hören.«

Mit diesen Worten schob er seine Mutter aus dem Zimmer und schloss mit einem lauten Knall die Tür.

Als abends Johann Brückner von der Arbeit kam, nahm Elke ihn beiseite. Sie berichtete kurz von Elisabeth Hahnemanns Besuch und dem merkwürdigen Verhalten von Kevin.

»Du musst mit ihm reden. Mit mir spricht er nicht, aber ich bin sicher, er weiß etwas. Wir müssen der armen Frau helfen, sie ist völlig am Ende mit ihren Nerven.«

Johann Brückner nickte und ging nach oben zu seinem Sohn. Nachdem er angeklopft hatte, betrat er das Zimmer und setzte sich neben Kevin auf das Bett.

»Wir müssen reden, glaube ich.«

»Wieso? Was ist denn los?«

»Es geht um Tobias Hahnemann und den Lebensgefährten seiner Mutter. Nein, du hörst mir jetzt erst mal zu. Deine Mutter hatte das Gefühl, dass du mehr darüber weißt, als du bis jetzt sagen wolltest. Und die Gefühle deiner Mutter nehme ich ernst, denn bisher hat sie damit noch nie daneben gelegen. Kevin, ernsthaft, wenn du etwas weißt, musst du mir das jetzt sagen. Auch wenn du Tobias versprochen hast, den Mund zu halten. Seine Mutter hat es verdient, die Wahrheit zu erfahren. Also los, red schon, warum bist du blass und nervös geworden, als Frau Hahnemann vom Verschwinden ihres Lebensgefährten gesprochen hat?«

»Ach, Papa. Da ist ja vielleicht gar nichts. Ich habe nur daran denken müssen, dass Tobias den Freund seiner Mutter abgrundtief hasst. Er gibt ihm die Schuld daran, dass er zuhause ausziehen musste. Er hat, bevor er verschwunden ist, mehrfach darüber gesprochen, dass alles wieder gut würde, wenn der Kerl verschwinden würde und dass er sich schon etwas einfallen lassen will, um das zu erreichen. Als seine Mutter dann sagte, dass dieser Peer auch verschwunden ist, habe ich einen Moment lang befürchtet, dass Tobias damit vielleicht was zu tun hat. Aber das ist Blödsinn, das würde er nie machen. Ganz sicher nicht.«

»Hat er sich den mal geäußert, wie er das anstellen würde?«

»Naja, er hat so blödes Zeug gelabert, dass er sich eine Knarre besorgen würde. Ein anderes Mal hat er mir erzählt, er würde seinen Hund scharf machen lassen und der würde ihm diesen Peer schon vom Hals schaffen. Aber das ist doch Kinderkram, Papa. So ist Tobias nicht, wirklich nicht. Er war einfach nur gefrustet.«

»Hast du denn eine Ahnung, was er in Wuppertal zu suchen hat?«

Kevin wurde wieder blass, schüttelte aber den Kopf. Da packte sein Vater ihn hart an der Schulter.

»Du lügst. Du weißt, dass ich es immer bemerke, wenn du mich anlügst. Was macht Tobias in Wuppertal?«

Die Stimme klang scharf und laut, sodass Kevin erheblich zusammenzuckte. Es kam nur ganz selten vor, dass sein Vater sich so autoritär verhielt. Kevin wusste aus Erfahrung, dass er jetzt keine andere Chance mehr hatte, als die Wahrheit zu sagen. Sein Vater würde nicht locker lassen.

»Er hat mir mal erzählt, dass er sich in Wuppertal so ein Hundecamp angesehen hat, in dem Kampfhunde ausgebildet werden. Aber dass er mit seinem Elvis da wirklich hingehen würde, hätte ich nie gedacht. Er liebt doch den Hund und ich habe ihm damals im Internet gezeigt, welche Trainingsmethoden diese illegalen Ausbilder anwenden. Die Hunde bekommen Stromstöße, tragen angespitzte Stachelhalsbänder und werden immer wieder misshandelt. So reizen sie die Aggressionen der Tiere und schüren die Angst vor dem Besitzer. Es war furchtbar, das anzusehen, und auch Tobias hatte Tränen in den Augen. Ich glaube einfach nicht, dass er Elvis so etwas antun würde.«

»Na, da scheinst du dich offensichtlich aber geirrt zu haben. Warum sonst sollte man ihn in Wuppertal gesehen haben? Morgen früh gehen wir zur Polizei. Dort wirst du alles erzählen, was du weißt. Vielleicht ist es noch nicht zu spät, Tobias auf den rechten Weg zurückzuholen.«

Kevin nickte. Tief in seinem Inneren wusste er, dass er tun musste, was sein Vater von ihm verlangte. Aber er hatte Angst vor dem, was dabei herauskommen würde. Tobias war sein erster wirklicher Freund und jetzt musste er ihn verraten. Kevin fühlte sich schlecht, aber es ging jetzt eben nicht um sein eigenes Befinden.

Sein Vater klopfte ihm auf die Schulter und ging nach unten, um seiner Frau zu berichten, was er von dem Jungen erfahren hatte. Elke Brückner war entsetzt.

»Ich habe immer gewusst, dass der Bengel nicht der richtige Umgang für unseren Sohn ist. Aber du musstest ja den toleranten Vater spielen. Das haben wir jetzt davon.«

»Nun reg dich mal nicht so auf. Wir haben jetzt vielleicht die Möglichkeit, etwas Schlimmes zu verhindern. Ich gehe morgen früh mit Kevin zur Polizei. Mit den neuen Informationen werden sie dann vielleicht doch versuchen, den Jungen zu finden und nach Hause zu holen.«

***

Jens Wischkamp war zufällig in der Wache in Werne, als Johann Brückner mit seinem Sohn dort eintraf. Der diensthabende Beamte kam in das Hinterzimmer.

»Jens, das solltest du dir vielleicht mal anhören. Ich habe da vorn Herrn Brückner mit seinem Sohn Kevin. Du erinnerst dich doch an die beiden Vermisstenmeldungen, die Frau Hahnemann hier aufgegeben hat?«

»Ja sicher, ihr Sohn und ihr Lebensgefährte sind im Abstand von drei Wochen verschwunden. Wieso?«

»Dieser Kevin Brückner ist offensichtlich eng mit Tobias Hahnemann befreundet. Gestern war dessen Mutter bei den Brückners, nachdem ich ihr mitgeteilt habe, dass ihr Sohn in Wuppertal ist und wir die Suche nach ihm einstellen. Sie wollte noch einmal versuchen, mit Kevin zu reden, ob er nicht doch etwas weiß. Sein Vater hat dann abends mit dem Jungen gesprochen und dabei sind einige merkwürdige Dinge zutage getreten. Ich weiß noch nicht, ob da wirklich was dran ist. Aber mir wäre es echt lieb, du würdest dir die Geschichte mal anhören.«

Jens nickte, stand auf und folgte dem Kollegen. Freundlich begrüßte er Kevin und seinen Vater. »Na, dann erzählen Sie mal, Herr Brückner,« meinte er und sah Kevin auffordernd an.

»Können Sie mich bitte Kevin nennen? Ich denke sonst immer, mein Vater sei gemeint«, meinte der Junge mit einem schiefen Lächeln.

»Also gut, Kevin. Schieß los.«

Jens bemühte sich absichtlich um einen lockeren Tonfall, denn er spürte, dass Kevin die Aussage nicht leicht fiel.

»Ich glaube ja gar nicht, dass da etwas dran ist. Aber mein Vater meinte, ich müsste das trotzdem der Polizei erzählen. Tobias hat immer Streit mit dem Freund seiner Mutter gehabt. Deshalb ist er letztendlich auch ausgezogen. Dieser Peer Wessels hat ihm eine eigene Wohnung hier in Werne bezahlt, nur, damit er aus dem Haus kommt. Tobias war darüber echt sauer und hat gemeint, der Kerl müsste verschwinden. Dann wäre endlich wieder alles so wie früher, nur seine Mutter und er.«

»Gut, so etwas sagt man schon einmal so dahin. Wie kommst du jetzt darauf, dass er vielleicht wirklich etwas mit dem Verschwinden von Peer Wessels zu tun haben könnte?«

»Bin ich gar nicht draufgekommen. Das war mein Vater.«

Kevin wurde bockig und Jens erkannte, dass sein Vater ziemlich ungehalten war. Der wollte eben etwas sagen, als Jens beschwichtigend die Hand hob.

»Pass mal auf, Kevin. Manchmal sind die Dinge anders, als sie aussehen oder als wir sie sehen möchten. Noch ist ja gar nichts passiert. Wenn man das Gefühl hat, etwas könnte nicht in Ordnung sein, ist es aber auf jeden Fall besser, man geht der Sache nach.«

»Ist ja schon gut. Also, Tobias hat mir mal erzählt, dass er seinen Hund gern scharf machen lassen würde. Dann hätte er eine gute Waffe gegen Peer Wessels. So oder so ähnlich hat er sich ausgedrückt.«

Johann Brückner meldete sich zu Wort.

»Er hat offensichtlich auch davon gesprochen, sich eine Schusswaffe zu besorgen. Und bei dem Hund handelt es sich um einen American Staffordshire Terrier, also einen Kampfhund. Außerdem hat Tobias Kevin erzählt, dass er sich in Wuppertal so ein illegales Ausbildungscamp angesehen hat. Aber das sei teuer. Kurz darauf aber hat sich der Junge dann plötzlich einen Job gesucht und wirklich fleißig gearbeitet. Wir dachten alle, er hätte jetzt doch noch den Absprung geschafft und erkannt, dass er für sein eigenes Leben die Verantwortung übernehmen muss. Aber wenn ich jetzt so darüber nachdenke, könnte er die Arbeit auch einfach nur gemacht haben, um das Geld für die Hundeausbildung zusammenzusparen. Und dann wird er ausgerechnet in Wuppertal gesehen. Das waren mir ein paar Zufälle zu viel, deshalb habe ich Kevin überredet, Ihnen das hier heute zu erzählen.«

Jens hatte sich derweil eifrig Notizen gemacht.

»Die Entscheidung war auf jeden Fall richtig. Noch ist ja gar nicht sicher, ob diese Zusammenhänge wirklich bestehen. Aber es gibt jetzt ein paar gute Gründe, noch einmal nach Tobias zu suchen und mit ihm zu reden. Außerdem werde ich die Ordnungsbehörden in Wuppertal darauf hinweisen, dass es dort offensichtlich eine illegale Trainingsstätte für Listenhunde gibt. Die sollen sich mal gleich dranhängen und schauen, ob sie die finden.«

»Aber Sie glauben doch nicht wirklich, dass Tobias etwas mit dem Verschwinden von diesem Peer Wessels zu tun hat?«

Kevins Frage kam ziemlich ängstlich und verunsichert.

»Kevin, das weiß ich nicht. Ich kann es mir nicht vorstellen. Man sagt ja oft solche Dinge wie „den bring ich um“ und meint das dann gar nicht so. Aber wir werden der Sache nachgehen. Und du musst kein schlechtes Gewissen haben, weil du deinen Freund verraten hast. Es ist deine Pflicht, solche Informationen weiterzugeben. Vielleicht gelingt es uns mit deiner Hilfe, viele Hunde vor einem schlimmen Schicksal zu bewahren. Das allein wäre es doch schon wert, oder meinst du nicht?«

Kevin nickte. Er und sein Vater verließen die Wache und Kevin fühlte sich irgendwie erleichtert. Unsicher sah er seinen Vater an.

»Danke, Papa«, murmelte er.

»Wofür?«

»Dass du mich zu dieser Aussage gezwungen hast. Irgendwie fühle ich mich richtig erleichtert. Ich glaube zwar noch immer nicht, dass Tobias etwas Schlimmes getan hat. Aber wenn doch, dann muss er dafür auch bestraft werden.«

Johann Brückner legte seinem Sohn den Arm um die Schultern. Der Junge wird ja tatsächlich erwachsen, dachte er. Dann gingen die beiden nach Hause, während in der Wache in Werne hektische Betriebsamkeit ausbrach.

***

»Mensch, könnt ihr nicht mal eure Hunde zur Ruhe bringen!« Scharf und ziemlich aufgebracht klang die Stimme von Frauke Halsberg, Trainerin beim Hundeverein Kamen-Unna. An diesem Sonntag war auf dem Trainingsgelände in Werne die Hölle los. Die Hunde bellten aufgeregt durcheinander und während der normalen Trainingsrunden versuchten sie immer wieder, sich von der Leine loszureißen und Richtung Gebüsch zu rennen. Frauke rief den Platzwart heran und bat ihn nachzusehen, ob dort vielleicht ein verendetes Tier lag. Das kam häufiger vor, denn das Vereinsgelände war umgeben von Feldern. Tote Hasen oder Fasane fanden sie immer mal wieder auch in den Büschen, die den Platz einfassten. Hermann Kwiatkowski ging in das besagte Gebüsch, kam aber kurz darauf wieder heraus.

»Da ist nichts. Ich weiß auch nicht, was die alle haben.«

Dann ging er zurück auf die Terrasse, um weiter sein gut gekühltes Bier zu trinken.

»Gut«, sagte Frauke an die Hundehalter gewandt. »Ich weiß nicht, was mit euren Hunden heute los ist. Aber ihr müsst jetzt einfach versuchen, euch durchzusetzen. Wir gehen etwas weiter auf die andere Seite.«

Doch auch diese Maßnahme brachte nichts. Die Hunde blieben aufgeregt, zerrten an den Leinen und wollten alle in die gleiche Richtung. Frauke war froh, dass das Anfängertraining bald beendet war. Die fortgeschrittenen Hunde hatten alle bereits eine Prüfung absolviert. Die würden sicher nicht so ein Theater auf dem Platz machen. Aber da sollte sie sich getäuscht haben. Zwar leitete sie jetzt nicht mehr die Übungsstunde, aber sie sah von der Terrasse aus, dass die Hunde genauso aufgeregt waren wie ihre Vorgänger auf dem Platz. An ein ordentliches Training war einfach nicht zu denken. Und dann geschah das Unvermeidliche. Bei einer Übung, bei der die Hunde abgeleint wurden, machte sich eines der Tiere selbstständig und rannte in das Gebüsch. Bevor der Halter reagieren konnte, sah man Erde fliegen. Bis Trainer Bernd Hagemann und der Hundebesitzer dort angekommen waren, hatte er bereits eine ziemlich große Kuhle gegraben. Die Leine machte „Klick“ und es bedurfte einer großen Kraftanstrengung, den Hund von dort wegzuziehen.

Dem Trainer genügte ein Blick, um zu sehen, dass hier etwas ganz und gar nicht in Ordnung war. In dieser Grube lag ein Mensch, mit dem Gesicht nach unten. Der Hund hatte bereits einen Großteil des Oberkörpers freigelegt. Der Statur nach zu urteilen, musste es sich um einen Mann handeln. Entsetzt sprang Bernd zurück. Jetzt sah auch der Halter des Hundes, was sein Labrador da ausgegraben hatte. Beide waren leichenblass, als sie rückwärts zurück auf den Platz stolperten. Bernd Hagemann fasste sich als Erster wieder.

»Das Training ist für heute beendet, aber ihr solltet alle hierbleiben. Geht bitte entweder vor das Tor oder bleibt mit den Hunden auf der Terrasse. Ich rufe jetzt die Polizei. In dem Gebüsch liegt ein Toter, wahrscheinlich ein Mann.«

Es herrschte entsetztes Schweigen. Silvie Wischkamp, die mit Anna und Samy nach dem Anfängertraining noch auf der Terrasse sitzengeblieben war, sprang sofort auf.

»Ich rufe Jens an, der hat heute Bereitschaft.«

Sofort griff sie zum Telefon. Ihr Mann meldete sich schon beim ersten Klingeln.

»Liebes, was gibt es? Bist du schon wieder auf dem Heimweg?«

»Nein, Jens. Ich bin noch auf dem Platz. Du solltest herkommen und die Spurensicherung mitbringen. Einer der Hunde hat hier offensichtlich eine Leiche ausgegraben. Ich sorge dafür, dass alle Hundehalter hierbleiben. Von den Anfängern sind allerdings einige schon weg. Aber wir wissen ja, wer alles hier war heute Morgen.«

»Eine Leiche? Auf eurem Hundeplatz?«

»Ja, mehr weiß ich auch nicht. Nur, dass die Hunde alle sehr aufgeregt waren und unbedingt in dieses Gebüsch wollten. Einer hat sich dann losgerissen, ist in das Gebüsch gerannt und hat wie wild gegraben. Unser Trainer hat dann gesehen, was der Hund dort ausgegraben hat. Bitte komm schnell. Mir ist das alles sehr unheimlich. Ich möchte gern nach Hause gehen.«

»Das verstehe ich, Liebes. Aber auch du musst dableiben, bis ein Beamter deine Aussage aufgenommen hat. Ich rufe gleich in Werne an. Die können schon mal eine Streife schicken, die den Fundort absichert und mit der Zeugenbefragung beginnt. Ich komme, so schnell es der Verkehr zulässt.«

Die beiden Streifenwagen brauchten vom Werner Bahnhof bis zum Trainingsgelände keine fünf Minuten. Als die Hunde die Sirenen hörten, fingen einige an zu heulen. Wie kleine Wölfe sahen sie aus mit dem in den Nacken gelegten Kopf. Die ganze Szenerie wurden den Menschen auf der Terrasse immer unheimlicher. Trotzdem fühlten sie sich in Anwesenheit der uniformierten Polizeibeamten schon wesentlich besser. Als Erstes sperrten die Beamten die Fundstelle weiträumig mit rot-weißem Absperrband ab. Dann kamen sie auf die Terrasse und nahmen zunächst die Personalien aller Anwesenden auf. Christian Wörner, einer der Beamten, begrüßte Silvie.

»Da steckst du ja mal wieder mittendrin, was?«

Silvie zuckte mit den Schultern. Sie wusste, dass Christian auf ihre Entführung vor einigen Jahren anspielte, bei der sie dann Jens kennen und lieben gelernt hatte.

»Jens müsste jeden Augenblick hier eintreffen. Ich nehme an, er hat die Spurensicherungen und die Gerichtsmedizin bereits informiert. Habt ihr schon irgendetwas gefunden?«

»Nein, und du weißt natürlich auch, dass ich dir das gar nicht sagen dürfte. Du bist Zeugin wie alle anderen auch. Dass dein Mann hier wahrscheinlich der ermittelnde Beamte sein wird, macht da leider keinen Unterschied.«

»Ja, ich weiß. Mir ist das Ganze hier nur so unheimlich. Und für Anna ist diese Aufregung auch nicht gut. Wann können wir denn gehen?«

»Das entscheidet Jens, sobald er hier ist. Außer den beiden Männern, die den Toten gefunden haben, hat von euch ja wohl ohnehin niemand etwas gesehen. Ich denke, es genügt, wenn wir alle Personalien haben. Inzwischen hat uns der Vorstand auch bereits Namen und Adressen der Mitglieder genannt, die schon wieder nach Hause gegangen waren, bevor man den Toten entdeckt hat.«

In diesem Augenblick kam Kommissar Jens Wischkamp auf die Terrasse. Er begrüßte seine Frau nur kurz und besprach sich dann mit den Kollegen der Wache aus Werne.

»Spurensicherung und Gerichtsmedizin sind unterwegs. Auf den Straßen ist nicht viel los, die sollten also gleich eintreffen. Mensch, die Hunde machen ja einen Höllenlärm. Ich glaube, wir schicken die jetzt alle erst mal nach Hause. Adressen habt ihr ja, nehme ich an. Nur der Mann mit dem Hund, der die Leiche ausgegraben hat und der Trainer sollten bitte noch hierbleiben.«

Dann wandte er sich ab, um sich bei der Leichenfundstelle zunächst einmal selbst ein Bild zu machen.

Christian Wörner sprach die Vereinsmitglieder an.

»Jeder von Ihnen, der uns bereits Namen und Adresse angegeben hat, kann jetzt nach Hause gehen. Im Interesse der Ermittlungen bitten wir Sie, das auch unverzüglich zu tun. Wenn wir weitere Aussagen von Ihnen brauchen, kommt jemand bei Ihnen vorbei oder wir laden Sie in die Wache vor. Nur der Hundehalter, dessen Hund den Toten ausgegraben hat und die Trainer bleiben bitte noch hier. Vielen Dank.«

Die meisten Hundehalter waren froh, den Ort des Geschehens so schnell wie möglich verlassen zu können. Einige wären allerdings auch gern noch geblieben, um zu erfahren, was denn hier eigentlich passiert war. Aber die Beamten ließen ihnen dazu keine Chance. Sie achteten sehr genau darauf, dass die Leute auch wirklich sofort das gesamte Trainingsgelände verließen. Auch Silvie machte sich mit Tochter und Hund auf den Heimweg. Jens würde ihr später sicher erzählen, was denn hier nun eigentlich passiert war. Auf dem Weg zur B54 hinunter musste sie Platz machen, denn gerade trafen die Autos der Spurensicherung und der Leichenwagen aus der Gerichtsmedizin in Dortmund ein. Ein Schauer lief Silvie über den Rücken. Sie war froh, dass sie hier weg konnte. Die Neugier der anderen konnte sie kaum nachvollziehen. Das Einzige, was sie tatsächlich interessierte war, wie der Tote auf den Hundeplatz gekommen war. Aber sie wusste auch, dass es für Jens eine Menge Ermittlungsarbeit geben würde, bis dieses Rätsel gelöst werden konnte.

Dr. Gerd Leinemann, Gerichtsmediziner aus Dortmund, sah sich um.

»Idyllisches Plätzchen hier, und so gepflegt.«

Jens begrüßte ihn.

»Wenn du erst mal die Leiche gesehen hast, relativiert sich das mit der Idylle ganz schnell. Die Spurensicherung versucht gerade, den gesamten Körper freizulegen. Der Hund hat nur den Oberkörper ausgebuddelt. Allem Anschein nach handelt es sich um einen Mann.«

Dr. Leinemann runzelte die Stirn. Er mochte es gar nicht, wenn jemand an einer Leiche herumhantierte, die er noch nicht in Augenschein genommen hatte. Jens hatte den Unwillen sofort bemerkt.

»Keine Sorge, die Jungs wissen schon, was sie tun. Die Leiche wird nicht einen Zentimeter bewegt, bevor du es nicht anordnest.«

Inzwischen waren sie an dem Gebüsch angekommen. Zwei Männer knieten auf dem Boden und hantierten mit Pinseln, Bürsten und kleinen Schaufeln. Da der Tote auf dem Gesicht lag, war noch nicht zu erkennen, wie alt er sein mochte. Kleidung, Größe und Statur bestätigten aber, dass es sich um eine männliche Leiche handelte.

Eine erste vorsichtige Untersuchung ließ an der Rückseite des Toten keine äußerlichen Verletzungen erkennen. Dr. Leinemann sah seinen Assistenten auffordernd an.

»Pack mal mit an, Jürgen. Wir drehen ihn vorsichtig um.«

Was sie dann zu sehen bekamen, hätte jemanden mit schwächeren Nerven sicher dazu verleitet, den Leichnam fallen zu lassen. Aber als Pathologe war man einiges gewohnt. Dem Assistenten entfuhr ein leises „Ach du Scheiße, was ist das denn?“. Dann lag der Mann, oder zumindest das, was von ihm übrig war, auf dem Rücken. Gesicht und Brustbereich waren bis zur Unkenntlichkeit zerfetzt.

Jens Wischkamp und die uniformierten Beamten mussten sich abwenden.

»Der sieht ja aus, als ob er von einem Löwen angefallen worden wäre«, flüsterte Jens.

»Nein, mein Lieber. Wenn das ein Löwe gewesen wäre, würden sich hier Kratzspuren zeigen. Ich habe so etwas schon einmal gesehen. Das war ein Hund, und zwar ein ziemlich bösartiger, wenn du mich fragst?«

»Ein Hund kann so etwas anrichten? Bist du dir sicher?«

»Ziemlich sicher. Aber genau kann ich das erst nach der Obduktion sagen. Das wird ein hartes Stück Arbeit werden, das Gesicht zu rekonstruieren. Ich denke, da muss mal wieder die forensische Pathologie in Münster ran.«

»Du meinst Professor Remscheid, der uns schon bei den Leichenfunden in der Schule am Windmühlenberg geholfen hat?«

»Genau der. Er wird begeistert sein. Aber erst einmal bringen wir ihn nach Dortmund für die Obduktion. Vielleicht finden wir ja heraus, wer er ist, wenn wir seine DNA haben. Das funktioniert natürlich nur, wenn er schon mal mit der Polizei zu tun hatte. Sag mal, das ist doch ein Hundetrainingsplatz hier, oder?«

Jens nickte.

»Na, dann hast du ja schon eine ganze Menge Verdächtiger, würde ich sagen. Wir können auch die DNA von Hunden bestimmen. In den Wunden finden sich mit Sicherheit Speichelspuren. Du solltest also von jedem Hund, der hier im Verein ist, eine solche Probe sichern lassen.«

»Was genau brauchst du denn da? Genügen Fellproben?«

»Ich würde es ziemlich barbarisch finden, jedem Hund Haare herauszureißen, denn verwertbares Material findet sich nur in den Haarwurzeln. Nein, Wattestäbchen ins Maul, Speichelprobe nehmen und dann bei mir vorbeibringen, genau wie bei Menschen. Am Besten fangt ihr gleich heute damit an. Vielleicht ist es ja möglich, alle Hunde des Vereins hier auf dem Gelände zusammenzubringen.«

»Glaubst du, er ist hier zu Tode gekommen?«

»Ich denke nicht. Hier ist zu wenig Blut unter seinem Körper. Ich würde annehmen, dass er hier nur abgelegt und verscharrt wurde. Dazu müsste der Verantwortliche aber Kenntnis von den Gegebenheiten hier haben.«

»Womit wir wieder bei den Vereinsmitgliedern wären. Na gut, dann haben die Kollegen jetzt eine Menge Arbeit vor sich. Ich organisiere das jetzt mal und komme dann später mit den ersten Proben zu dir nach Dortmund. Alle werden wir heute sicher nicht mehr erreichen. Der Rest folgt so schnell wie möglich. Kann ich den Platz hier wieder freigeben, wenn die Spurensicherung durch ist?«

»Ich denke schon, obwohl ich mir kaum vorstellen kann, dass hier in der nächsten Zeit mit Hingabe trainiert wird.«

Dann wandte Dr. Leinemann sich an seinen Kollegen.

»Wir können ihn jetzt wegbringen. Hier gibt es für uns nichts mehr zu tun.«

Die Stimmung auf der Terrasse war nach wie vor angespannt. Alle Anwesenden sahen Jens Wischkamp entgegen, als er an den großen

Holztisch trat. Aber niemand traute sich, etwas zu fragen. Jens ergriff das Wort.

»Ich will euch nicht länger als unbedingt nötig hier festhalten. Bei dem Toten, der im Gebüsch entdeckt wurde, handelt es sich definitiv um einen Mann mit mittelblonden Haaren. Das ist aber auch das Einzige, was wir derzeit verbindlich sagen können. Eine Identitätsfeststellung ist derzeit nicht möglich. Das Gesicht ist bis zur Unkenntlichkeit entstellt. Unser Pathologe geht davon aus, dass der Mann von einem Hund angegriffen worden ist.«

Die erste Vorsitzende des Vereins Barbara Ohlig schrie kurz auf.

»Von einem Hund? Das war aber mit Sicherheit kein Hund aus unserem Verein.«

»Das glaube ich auch nicht. Aber sicher sein können wir uns erst, wenn wir alle Hunde ausgeschlossen haben. Bis dahin könnte es jeder Hund gewesen sein, sofern es sich nicht um eine besonders kleine Rasse handelt.«

Barbara atmete hörbar auf. Sie besaß einen Rauhaardackel und das war eine kleine Rasse.

»Wie wollt ihr denn die Vereinshunde ausschließen?«

»Der Gerichtsmediziner geht davon aus, dass er aus den Bisswunden Speichelproben des Angreifers isolieren kann. Wir benötigen also von jedem Hund, der hier im Verein angemeldet ist, eine DNA-Probe.«

»Du meinst, von jedem Hund, der heute beim Training war?«

»Nein, ich meine von jedem Hund, der im Verein ist. Der Tote wurde mit Sicherheit nicht erst heute hier abgelegt. Infrage kommt eigentlich jeder Hund. Mir wäre es lieb, wenn wir die Speichelproben hier auf dem Vereinsgelände entnehmen könnten. Glaubst du, dass du schon heute einige Mitglieder hierher bestellen kannst?«

Barbara Ohlig zuckte mit den Schultern.

»Ich kann es versuchen. Ich rufe diejenigen an, von denen ich hier Telefonnummern habe. Mitglieder, die nicht mehr regelmäßig zum Training kommen, kann ich dann erst von zu Hause aus anrufen.«

»Dann mache ich dir folgenden Vorschlag: Ihr fahrt jetzt erst einmal alle nach Hause. Du erledigst dann die Telefonate und bestellst diejenigen, die du erreichen kannst, für 16 Uhr hier auf den Platz. Mach ihnen aber klar, dass es sich um eine polizeiliche Maßnahme handelt und sie verpflichtet sind, an der Untersuchung teilzunehmen. Es ist ein

Leichtes für mich, mir einen richterlichen Beschluss zu besorgen, falls sich jemand querstellt. Je schneller wir das Ganze hinter uns bringen, umso schneller sind die Vereinshunde und ihre Halter entlastet. Ruf mich bitte zuhause an und sag mir, wie viele Hunde heute Nachmittag hier sein werden. Wie viele Mitglieder hat der Verein eigentlich?«

»So um die 80, aber von denen haben nicht alle einen Hund, der hier noch trainiert. Manche Hunde sind einfach schon zu alt für das Training. Müssen die auch kommen?«

»Jeder Hund, Barbara. Auch wenn es noch so unangenehm ist, wir brauchen Proben von allen Hunden. Solange die Vereinshunde nicht ausgeschlossen werden können, gilt jeder Halter als potenziell verdächtig. Das ist eine reine Routineangelegenheit. Bitte versteht doch. Mir fällt das auch nicht leicht, aber wir müssen uns Gewissheit verschaffen. Ach ja, dann noch eine Frage: Wer hat außerhalb der Trainingszeiten die Möglichkeit, auf das Gelände zu gelangen?«

»Also, mein Mann und ich, wir haben jeder einen Schlüssel. Dann die drei Trainer Frauke, Bernd und Manfred und natürlich der Platzwart. Wieso willst du das wissen?«

»Weil man eine Leiche nicht auf der Schulter hierher trägt und über den Zaun schmeißt. Derjenige, der den Mann hier verbuddelt hat, muss mit einem Auto hereingefahren sein. Dazu muss er das Schloss an der Schranke unten aufschließen.«

Barbara nickte. Dann sah sie Jens auf einmal mit weit aufgerissenen Augen an.

»Du erinnerst dich noch an den Einbruch hier auf dem Platz vor einigen Wochen?«

»Ja, sicher. Aber was hat das damit zu tun?«

»Alles, was gestohlen worden war, war ein Schlüsselbund, an dem sich alle Schlüssel für das Vereinsgelände befunden haben.«

»Ja, aber die Schlösser waren doch beschädigt. Da habt ihr doch sicher Neue gekauft?«

»Mussten wir nicht. Wir hatten alle Schlösser bereits doppelt gekauft. Hier kommt immer mal ein Schloss weg. Deshalb fanden wir es praktisch, wenn wir dann nur das Schloss tauschen und nicht jedem gleich neue Schlüssel geben müssen. An dem Schlüsselbund, das verschwunden ist, waren auch die Schlüssel für die Ersatzschlösser.«

»Das ist interessant, wenn auch ein wenig leichtsinnig. Dann war der Überfall vor einigen Wochen also vielleicht gar kein Zufall oder dummer Scherz, sondern die Planung und Vorbereitung für die Entsorgung einer Leiche. Gut, dass du mir das sagst.«

»Damit ist der Vorstand samt Trainern und Platzwart aber wohl entlastet, oder? Wir hätten schließlich nicht einbrechen müssen, wir hatten ja die Schlüssel.«

Jens Wischkamp konnte sich ein leicht ironisches Lächeln nicht verkneifen.

»Versteh mich jetzt bitte nicht falsch, aber das könnte natürlich auch ein Ablenkungsmanöver gewesen sein, damit von euch erst gar keiner unter Verdacht gerät. Aber das sind im Augenblick doch alles nur Spekulationen und ehrlich, ich glaube nicht, dass ein Vereinsmitglied irgendetwas mit dieser Angelegenheit zu tun hat. Aber wir müssen das mit Fakten belegt ausschließen können. Also tu mir den Gefallen und bestell so viele Hunde wie möglich für heute Nachmittag hierher. Die anderen müssen wir dann zuhause aufsuchen, um eine Probe zu entnehmen. Dazu benötige ich dann auch noch die vollständige Mitgliederliste mit Telefonnummern und genauer Adresse. Ich bin um 16 Uhr wieder hier.«

Dann wandte er sich an den Hundehalter, dessen Hund den toten Mann gefunden hatte.

»Von deinem Hund kann ich gern jetzt gleich eine Probe nehmen, dann müsstest du nicht noch einmal wiederkommen.«

Jens hatte sich vorsorglich von der Spurensicherung ein ganzes Paket von Wattestäbchen in Plastikröhrchen geben lassen, die für DNA-Proben verwendet wurden. Er zog eines davon aus der Tasche und öffnete es.

»Mach du das bitte, das ist weniger Stress für den Hund. Einfach ins Maul schieben und darauf achten, dass es schön feucht wird vom Speichel.«

Der Mann tat, was Jens ihm sagte. Nur wenige Sekunden später war die erste Probe genommen und gesichert. Mit einem Filzstift schrieb Jens den Hundenamen und den Namen des Halters auf das Röhrchen und packte es dann in einen Plastikbeutel, den er mit einem Klebestreifen verschloss. Auf dem Klebestreifen notierte er das Datum und zeichnete es mit seinen Initialen ab. Das war notwendig, um später eine lückenlose Beweiskette zu haben. So würde am Nachmittag mit allen

Hunden verfahren werden. Jens hoffte, dass möglichst alle Mitglieder bereit waren, zum Platz zu kommen. Das würde ihm und den Beamten der Werner Polizeiwache eine Menge an Arbeit ersparen. Er ging noch kurz zur Spurensicherung, die ihre Arbeiten am Leichenfundort fast abgeschlossen hatten.

»Ich fahre jetzt nach Hause. Heute Nachmittag bin ich wieder hier, um schon einmal möglichst viele Speichelproben von den Vereinshunden einzusammeln. Euren Bericht finde ich ja dann sicher morgen auf meinem Schreibtisch.«

Der Kollege brummte etwas vor sich hin, das „wie immer, möglichst schon gestern" klang, nickte aber und sagte dann laut:

»Klar, kannst dich drauf verlassen, Jens. Schönen Sonntag noch.«

Als Jens nach vorne ging, stand noch ein Streifenwagen vor dem Tor. Christian Wörner stieg aus.

»Der Tote, den ihr da gefunden habt, das war hoffentlich nicht einer von unseren beiden Vermissten. Du weißt schon, der junge Hahnemann und der Freund von dessen Mutter.«

»Kann ich noch nicht sagen, obwohl ich den Jungen eher ausschließen würde. Der sah auf dem Foto ziemlich schmal aus und bei dem Toten handelt es sich um einen eher kräftigen Mann. Wie kommst du darauf?«

»Ach, ich dachte nur. Sonst wird ja hier im Raum im Augenblick keine männliche Person vermisst.«

»Das muss erst einmal noch gar nichts heißen. Wir müssen jetzt erst die Obduktionsergebnisse abwarten. Haben eure Nachforschungen in Wuppertal irgendetwas gebracht? Von Tobias Hahnemann habt ihr ja wohl noch nichts Neues gehört. Sonst hättest du gerade nicht gefragt, ob er vielleicht der Tote sein könnte.«

»Nein, haben wir nicht. Gemeldet ist er in Wuppertal nicht. Wir haben Pensionen und auch Jugendherbergen absuchen lassen, aber von dem jungen Mann ist keine Spur gefunden worden. Vielleicht lebt er jetzt auf der Straße.«

»Und was ist mit diesem illegalen Hundecamp, dass es dort angeblich gibt? Es gibt ja nun Hinweise darauf, dass Tobias Hahnemann seinen Hund illegal ausbilden lassen will.«

»Das ist eine ganz interessante Angelegenheit. Der zuständige Sachbearbeiter im Ordnungsamt war nicht da. Eine Kollegin erzählte mir aber, dass er häufiger ein und dasselbe Gelände in einem Industriegebiet in Wuppertal-Sonnborn kontrolliert habe, das letzte Mal sogar unter Beteiligung des Tierschutzvereins. Da sind offensichtlich einige Bürgerbeschwerden über extremen Hundelärm eingegangen. Ich habe dann mal beim Tierschutzverein nachgehakt. Der zuständige Mitarbeiter heißt Klaus Wilke. Er meinte, bei der Kontrolle hätten sie keinerlei Hinweise auf eine illegale Trainingsstätte gefunden. Er gab aber zu, dass sie nicht das gesamte Gelände untersucht haben. Er will jetzt Kontakt zur Staatsanwaltschaft aufnehmen. Vielleicht kann er durchsetzen, dass das Grundstück eine Weile unter Beobachtung gestellt wird.«

»Na, das ist doch schon einmal ein Ansatzpunkt. Schick den Kollegen aus Wuppertal noch mal ein aktuelles Foto von Tobias und von seinem Hund. Wenn der Junge wirklich dorthin will, um den Hund scharf machen zu lassen, wird er über kurz oder lang dort auftauchen.«

»Gute Idee, darum kümmere ich mich gleich morgen früh. Vielleicht hat der Wilke bis dahin auch schon Informationen, ob die Staatsanwaltschaft sich auf eine Observation und ein Ermittlungsverfahren einlässt. Fest steht, dass der Eigentümer dieses angeblichen Schrotthandels vorbestraft ist und ein ziemlich zwielichtiger Kerl zu sein scheint. Den Sympathiepreis bekommt der vom Wuppertaler Tierschutz jedenfalls nicht.«

Jens lachte. Dann verabschiedete er sich von seinem Kollegen. Er wollte nach Hause, um Silvie ins Bild zu setzen. Die Speichelprobe ihres eigenen Hundes würde er zuhause nehmen, dann musste seine Frau sich nicht noch einmal auf den Weg machen.

***

43 Vereinsmitglieder mit ihren Hunden hatten sich am Nachmittag auf dem Vereinsgelände versammelt. Als Jens Wischkamp eintraf, waren heftige Diskussionen im Gange. Einige betrachteten es als Zumutung, an einem Sonntagnachmittag hier erscheinen zu müssen. Andere regten sich darüber auf, wie überhaupt jemand auf die Idee kommen könnte, ihr Hund hätte etwas mit diesem grausamen Verbrechen zu tun. Jens versuchte, die Gemüter zu beschwichtigen.

»Liebe Leute, das ist doch alles nur Routine. Je schneller und geordneter wir das hier hinter uns bringen, umso rascher seid ihr wieder zuhause und könnt euren Sonntag genießen. Ich gebe jetzt jedem von euch ein Wattestäbchen. Schiebt es eurem Hund in das Maul und sorgt dafür, dass möglichst viel Speichel daran hängen bleibt. Es wäre sinnvoll, wenn die Hunde das Wattestäbchen nicht fressen würden. Dann gebt ihr es mir bitte einzeln zurück, nennt mir euren Namen und den Namen eures Hundes und das war es dann auch schon.«

Nach einigem Murren und Knurren folgten die Hundehalter dann aber doch den Anweisungen des Kommissars. Die Entnahme der Speichelproben dauerte nur wenige Minuten. Jens dokumentierte alles sorgfältig. Dann ließ er sich von Barbara Ohlig die Liste aller Vereinsmitglieder geben. Sie hatte gut vorgearbeitet und bereits die Hundehalter abgehakt, die inzwischen eine Speichelprobe abgegeben hatten. Bei einigen anderen Namen standen Anmerkungen wie „Hund inzwischen verstorben, noch kein Nachfolger angeschafft" oder „derzeit im Urlaub" und Ähnliches.

»Danke, Barbara. Das erleichtert den Kollegen auf jeden Fall die Arbeit.«

»Wie wollt ihr denn überhaupt herausfinden, wer der Tote ist?«

»Der Pathologe macht jetzt erst einmal die normale Obduktion. Das ist notwendig, damit man die Todesursache und den Todeszeitpunkt einwandfrei bestimmen kann. Dann wird in der DNA-Datenbank des Bundeskriminalamtes gesucht, ob dieser Mann schon einmal irgendwie erfasst worden ist. Außerdem überprüfen wir alle Vermisstenmeldungen hier im Umkreis, ob die äußerliche Beschreibung eines der Vermissten auf unseren unbekannten Toten zutreffen könnte. In diesem Fall hätten wir die Möglichkeit, uns ärztliche oder zahnärztliche Unterlagen zu beschaffen, die eine Identifizierung ermöglichen. Sollte das alles nichts ergeben, haben forensische Pathologen die Möglichkeit, das Gesicht zu rekonstruieren. Daraus lässt sich dann ein Foto erstellen, dass wir veröffentlichen können. Möglicherweise erkennt jemand den Toten und kann uns so Hinweise geben. Das ist jetzt alles viel kriminalistische und forensische Kleinarbeit.«

»Und wenn sich die Identität überhaupt nicht klären lässt, was macht die Polizei dann?«

»Dann bleibt der Fall zunächst unerledigt. Es gibt eine Reihe von offenen Kriminalfällen, die von Zeit zu Zeit dann immer wieder überprüft werden, ob es neue Hinweise gibt. Mit der Zeit ändern sich auch die

Möglichkeiten in der Ermittlungstechnik. Dinge, die man vor zwanzig Jahren noch gar nicht untersuchen konnte, sind heute in vielen Fällen zwingende Beweise. Man liest ja immer wieder davon, dass Verbrecher noch zehn oder fünfzehn Jahre nach ihrer Tat verhaftet werden konnten, weil man zum Beispiel heute DNA-Prüfungen vornehmen kann, die vor vielen Jahren noch gar nicht möglich waren. Wir müssen jetzt einfach abwarten, welche Spuren und Erkenntnisse die Fachleute finden. Darauf werden wir unsere Ermittlungen ausrichten. So, jetzt muss ich aber los. Ich habe unserem Gerichtsmediziner versprochen, die ersten Speichelproben noch heute nach Dortmund zu bringen. Du kannst die Leute jetzt alle wieder nach Hause schicken. Um den Rest kümmern wir uns in den nächsten Tagen. Der Platz ist zum Trainieren wieder freigegeben. Ich soll dir allerdings von Silvie ausrichten, dass sie am Mittwoch nicht kommen kann. Sie erwartet Besuch von ihrer Freundin aus Hamburg.«

Barbara Ohlig nickte und ging zu den Vereinsmitgliedern auf der Terrasse zurück. Jens setzte sich in Silvies Auto und fuhr los. Seinen eigenen Wagen hatte er ja am Vormittag in Unna stehen lassen. Aber er hatte bereits Verena angerufen und sie gebeten, ihn am Montag früh zuhause abzuholen.

***

Im Gerichtsmedizinischen Institut in Dortmund war Pathologe Dr. Gerd Leinemann bereits bei der Arbeit. Er hatte die Bissspuren an dem Opfer schon gründlich untersucht und auch Speichelspuren sowie Haare des angreifenden Hundes sicherstellen können. Beides befand sich bereits im Labor zur Bestimmung der DNA. Als Jens den Obduktionssaal betrat, blickte er kurz hoch.

»Ah, die versprochenen Proben. Wie viele sind es denn?«

»Für den Anfang 45 Hunde. Da könnten aber noch etwa zwanzig bis dreißig Proben dazu kommen. Wir haben nicht alle Mitglieder erreicht.«

»Gut. Leg die Sachen bitte da drüben auf den Tisch. Ich lasse sie gleich vom Labor abholen.«

»Vorher unterschreibst du mir aber, dass ich dir die Proben in einem einwandfreien Zustand übergeben habe. Du weißt doch, lückenlose Beweiskette.«

Dr. Leinemann zog einen Handschuh aus, nahm einen Stift und zeichnete die von Jens vorbereitete Liste ab.

»Hast du denn schon etwas für mich, Doc?«, fragte Jens neugierig.

»Anhand der Verwesungsspuren kann ich schon einmal sagen, dass der Tod mindestens vor drei Wochen eingetreten sein muss. Da wir nichts über die Lagerung der Leiche in der Zwischenzeit wissen, könnten es auch vier Wochen sein. In der Erde lag er nämlich bei Weitem nicht so lange. Ich habe zunächst einmal Röntgenaufnahmen vom Schädel und vom Brustkorb gemacht. Dabei ist mir Folgendes aufgefallen:

Schau hier, an der linken Schulter hat der Tote einen Schlag mit einem stumpfen Gegenstand erhalten. Ein weiterer Hieb hat ihn fast frontal an der Stirn getroffen. Beide Verletzungen waren aber nicht tödlich. Siehst du das hier?«

Dr. Leinemann deutete mit einem Stift auf ein kreisrundes Loch in der Stirn. Jens war erstaunt.

»Eine Schussverletzung?«

»Korrekt. Mitten zwischen die Augen. Selbstmord können wir damit schon einmal ausschließen. Und es handelt sich auch keinesfalls um einen tierischen Mörder. Ich glaube, der Hund wurde nur eingesetzt, um die Schussverletzung zu verbergen. Da hat wohl jemand gedacht, das würde uns dann nicht auffallen. Ziemlich naiv, wenn du mich fragst. Aber natürlich erschwert sich durch die massiven Bissverletzungen die Identifizierung des Opfers. Das verschafft dem Täter Zeit, sich abzusetzen. Wieso er die Leiche erst eine ganze Weile nach dem Mord auf dem Hundeplatz versteckt hat, dieses Rätsel wird auch die Obduktion nicht lösen. Ansonsten gibt es nichts Auffälliges an dem Toten. Er war offensichtlich kerngesund und trägt auch keinerlei Prothesen, anhand deren man ihn vielleicht identifizieren könnte. Wir werden also auf jeden Fall versuchen müssen, das Gesicht einigermaßen wiederherzustellen. Ich habe vorhin schon mit Professor Remscheid telefoniert. Wir haben Glück. In der nächsten Woche gibt es an der Uni in Münster einen Fachvortrag von einer der führenden forensischen Pathologinnen in Deutschland. Sie hat viel Erfahrung mit dem Widerherstellen von Gesichtern. Professor Remscheid setzt sich gleich morgen mit ihr in Verbindung. Er will sie fragen, ob sie sich zusätzlich zu dem Vortrag die Zeit nehmen kann, ihm bei der Sache behilflich zu sein. Möglicherweise wissen wir dann mehr über unseren unbekannten Toten. Das machen wir natürlich nur, wenn wir keinerlei Hinweise in unseren Datenbanken finden.«

Jens klopfte dem Pathologen auf die Schulter.

»Gute Arbeit für die kurze Zeit, Doc. Ich fahr dann mal wieder. Ich gehe davon aus, dass die Proben alle negativ sein werden. Ich glaube nicht, dass ein Hund aus unserem Verein damit was zu tun hat. Die sind doch alle friedlich wie die Lämmer. Aber prüfen müssen wir das natürlich trotzdem. Wenn du was Neues hörst, ruf mich an.«

Dr. Leinemann nickte nur abwesend. Er war in Gedanken bereits wieder bei der Leiche, die vor ihm auf dem Tisch lag.

***

Als Jens Wischkamp am Montagmorgen sein Büro in Unna betrat, glaubte er nicht, dass es schon entscheidende Neuigkeiten im Fall des Leichenfundes auf dem Hundeplatz in Werne gab. Aber da sollte er sich täuschen. Er hatte eben seine Kollegen begrüßt und sich einen Kaffee eingeschenkt, als das Telefon klingelte. Es meldete sich Dr. Leinemann aus Dortmund.

»Hallo, Jens. Wir können die männliche Leiche jetzt einwandfrei identifizieren.«

»Wie ging das denn so schnell?«

»Ich habe die Fingerabdrücke zum Abgleich durch Inpol laufen lassen. Bei dem Toten handelt es sich um Michael Weber aus Bremerhaven. Er ist dort einige Male erkennungsdienstlich behandelt worden. Außerdem hat er schon mal drei Jahre gesessen. Du solltest die Kollegen in Bremerhaven kontaktieren, ob sie eine aktuelle Adresse von ihm haben.«

»Das sind gute Neuigkeiten, Doc. Was macht ein Straftäter aus Bremerhaven hier in Werne? Die ganze Sache wird immer undurchsichtiger. Aber jetzt haben wir wenigstens einen Ansatzpunkt, um ordentlich ermitteln zu können. Hast du sonst noch etwas entdeckt?«

»Ja. Todesursache war nicht die stumpfe Gewalteinwirkung auf den Schädel und auch nicht die Hundebisse. Er ist an der Schussverletzung gestorben.«

»Die Hundebisse haben ihn also definitiv nicht umgebracht?«

»Nein, ganz sicher nicht. Es war ein aufgesetzter Schuss, so viel ist sicher. Ich denke, die Hundebisse sollten dazu dienen, seine Identifizierung zu erschweren oder sogar unmöglich zu machen. Die Austrittswunde liegt am Hinterkopf. Das Projektil habe ich also nicht im Körper des Mannes gefunden. Die Spurensicherung hat auch nichts entdeckt am Leichenfundort. Das bestätigt meine ursprüngliche Theorie, dass er woanders ermordet und dann erst auf diesen Hundeplatz gebracht worden ist. Der Täter hat wohl nicht damit gerechnet, dass der Verwesungsgeruch die Hunde wild machen würde. Er ist sicher davon ausgegangen, dass man den Mann so schnell nicht finden wird. Meinen Bericht kriegst du im Laufe des Tages per E-Mail. Bis dann.«

Jens legte den Hörer auf und sah seine Kollegin an.

»Schneiderlein, kannst du bitte mal die Kollegen der Hauptwache in Bremerhaven anrufen und sie bitten, uns alle Informationen, die ihnen vorliegen, über einen Michael Weber zu schicken?«

»Ist das der Tote vom Hundeplatz?«

»Der Doc ist sicher, dass es so ist. Vielleicht haben die aktuelle Fotos, das könnte uns weiterhelfen. Er muss ja irgendwo in Werne gewohnt haben.«

Kommissarin Verena Schneider machte sich sofort an die Arbeit. Jens ging inzwischen zu seinem Vorgesetzten, um ihn über die neuen Erkenntnisse ins Bild zu setzen. Als er zurück ins Büro kam, beendete Verena gerade ihr Telefonat.

»Sie schicken uns per mail alles, was sie über Michael Weber haben. Außerdem schicken sie eine Streife zu seiner letzten bekannten Adresse in Bremerhaven. Antreffen werden sie ihn dort ja nicht, wenn er tot in der Pathologie liegt. Aber sie versuchen herauszufinden, ob jemand aus seiner Nachbarschaft weiß, warum er nach Werne gefahren sein könnte. Im Augenblick liegt übrigens nichts gegen ihn vor. Es gibt keinen offenen Haftbefehl. Er steht zwar im Verdacht, an einem Einbruch in die Villa eines rumänischen Millionärs beteiligt gewesen zu sein, aber dafür gibt es keine stichhaltigen Beweise. Die Polizei hat damals die Ermittlungen eingestellt, zumal der Besitzer der Villa erklärte, es sei nichts von Wert gestohlen worden. Das hat man zwar nicht geglaubt, denn man munkelt, er habe eine kriminelle Vergangenheit, aber ohne Beweise und ohne Strafanzeige wurde der Fall zu den Akten gelegt. Die Polizei ist damals von einem aufmerksamen Nachbarn informiert worden, dass sich in der Villa verdächtige Gestalten aufhalten. Bis die Kollegen vor Ort waren, war aber niemand mehr anzutreffen. Es gab eindeutige Einbruchsspuren, aber der Besitzer des Hauses bestand darauf, dass er selbst diese verursacht habe, weil er seinen Schlüssel vergessen hatte. Der Fall schien damals merkwürdig zu sein, aber wie gesagt, ist die Akte geschlossen worden.«

»Dann warten wir mal ab, was da sonst noch an Unterlagen kommt. Die Kollegen melden sich ja sicher, wenn sie etwas in Erfahrung gebracht haben.«

Jens wandte sich dem ungeliebten Papierkram zu. Er musste noch den Einsatzbericht für den gestrigen Sonntag schreiben. Je eher er das erledigte, umso besser. Hin und wieder schielte er auf das Telefon. Er hoffte auf einen Anruf, der ihn vom Schreibtisch wegbrachte. In diesem Augenblick kam die E-Mail aus Bremerhaven. Als Jens sich das Foto von Michael Weber ansah, hatte er das Gefühl, den Mann schon einmal gesehen zu haben. Er konnte sich aber beim besten Willen nicht erinnern, wann und wo das gewesen sein könnte. Er wollte gerade mit seinem Bericht fortfahren, da klingelte das Telefon. Es meldete sich Christian Wörner, Polizeimeister bei der Wache in Werne.

»Hallo, Jens. Ich wollte dich nur mal kurz über mein Gespräch mit den Wuppertaler Kollegen und diesem Tierschutzmitarbeiter informieren.«

»Prima, schieß los.«

»Also erst einmal eines vorweg: Der Wilke vom Tierschutzverein hat es tatsächlich geschafft, eine Observation des Geländes durchzusetzen, auf dem man das illegale Trainingscamp für Hunde vermutet. Seit heute mittag steht eine Zivilstreife in der Nähe und beobachtet jeden, der kommt und geht. Wenn Tobias Hahnemann mit seinem Hund dorthin geht, werden wir das bald wissen. Außerdem habe ich die Akte des Inhabers von dem Gelände bekommen. Der hat schon mehrfach im Knast gesessen. Er ist zwar Eigentümer des Grundstücks, aber die Gewerbezulassung für den angeblichen Schrotthandel und auch die Haltergenehmigung für die Wachhunde laufen nicht auf seinen Namen. Er selbst heißt Tom Bartkowski und stammt aus Wuppertal. Die Kollegen stöbern jetzt mal ein wenig in seiner Vergangenheit herum. Und was gibt es bei euch Neues?«

»Wir haben den Toten identifiziert. Laut Inpol handelt es sich um Michael Weber, einen Kleinkriminellen aus Bremerhaven. Ich komme auf dem Heimweg bei euch vorbei und bringe euch ein Foto. Das ist zwar sicher schon ein paar Jahre alt, aber vielleicht könnt ihr damit trotzdem mal die Hotels und Gasthöfe abklappern. Irgendwo muss er ja gewohnt haben. Wenn das nichts bringt, werden wir vermutlich eine Öffentlichkeitsfahndung einleiten und darauf hoffen, dass uns ein aufmerksamer Zeitungsleser weiterhelfen kann. Bis später.«

Er legte auf. Verena grinste ihn an.

»Hast es wieder mal geschafft, was?«

»Ich weiß nicht, was du meinst, Schneiderlein.«

»Ach hör schon auf, ich weiß doch, wie sehr du den Papierkram hasst. Du hast die ganze Zeit immer wieder auf das Telefon gestarrt. Fast schien es, du wolltest den Apparat hypnotisieren, damit er endlich klingelt und du mit einer wichtigen Aufgabe hier verschwinden kannst.«

Jens tat entrüstet, aber er musste auch grinsen. Seine Kollegin kannte ihn viel zu gut.

»Ja, ich weiß, das Foto hätte ich auch mailen können. Aber ehrlich, ich habe das Gefühl, den Mann schon einmal gesehen zu haben. Vielleicht kann mir Christian auf die Sprünge helfen. Der kennt doch Gott und die Welt in Werne. Außerdem habe ich gestern ja wohl auch genug Überstunden gemacht. Da habe ich mir heute den früheren Feierabend durchaus verdient.«

»Dann mach schon, dass du weg kommst. Wenn sich die Kollegen aus Bremerhaven mit interessanten Informationen melden, rufe ich dich auf dem Handy an. Grüß Silvie und gib meinem Patenkind einen dicken Kuss.«

Jens nickte, winkte ihr zum Abschied kurz zu und verließ mit dem Foto in der Hand das Kommissariat. Er sah auf die Uhr. Es war fast drei, das bedeutete, der Feierabendverkehr hatte noch nicht eingesetzt. Er würde also sicher gut durchkommen und in einer knappen halben Stunde in Werne sein.

***

Christian Wörner zog eine Augenbraue hoch, als Jens ihm das Foto von Michael Weber auf den Tisch legte.

»Das gibt es doch nicht,« murmelte er und kramte in einem Aktenberg herum, der seitlich auf seinem Schreibtisch lag. Dann zog er einen braunen Aktendeckel hervor und öffnete ihn. Er nahm ein Foto heraus und legte es neben das Bild von Michael Weber.

»Verblüffende Ähnlichkeit, findest du nicht auch? Zwar ein paar Jahre älter, aber ich würde wetten, es handelt sich um ein und denselben Mann.«

Jens nickte.

»Das sieht ganz danach aus. Wer ist das denn?«

»Mann, wirst du alt? Das ist Peer Wessels, der Lebensgefährte von Elisabeth Hahnemann. Du weißt doch, dass er vermisst wird.«

Jens schlug sich mit der flachen Hand vor die Stirn.

»Ich habe doch die ganze Zeit gewusst, dass mir der Mann irgendwie bekannt vorgekommen ist. Natürlich, ich habe ein Foto von diesem Peer Wessels bei Elisabeth Hahnemann gesehen. Dann werden wir der Dame wohl die traurige Mitteilung machen müssen, dass wir den Mann tot aufgefunden haben. Jetzt interessiert es mich nur noch, wieso der hier in Werne unter falschem Namen gelebt hat. Der wollte sich doch vor irgendwem verstecken, da bin ich sicher.«

»Und du glaubst jetzt, dass dieser Jemand ihn hier in Werne gefunden und umgebracht hat?«

»Sieht doch ganz danach aus, oder nicht?«

Christian Wörner schaute noch ein wenig zweifelnd.

»Wenn es so ist, wie du glaubst, dann wäre Tobias Hahnemann aus der Nummer raus.«

»Vermutlich. Aber irgendeine Verbindung muss es trotzdem geben. Nur über Tobias bekomme ich einen Zusammenhang mit einem Kampfhund hin, der dem Toten das Gesicht zerfleischt hat.«

»Aber wir gehen doch davon aus, dass der Hund von Tobias noch gar nicht ausgebildet ist, oder nicht?«

»Da hast du wohl recht. Aber Tobias hat zumindest Kontakt zu diesem illegalen Ausbildungsplatz. Vielleicht hat er ja jemanden gefunden, der ihm geholfen hat. Dann müsste er seinen eigenen Hund gar nicht erst scharf machen.«

»So was macht aber niemand ohne Bezahlung. Wo sollte der Junge das notwendige Geld her haben?«

»Keine Ahnung, ehrlich nicht. Es wäre gut, wenn wir mit Tobias Hahnemann sprechen könnten. Ich glaube, ich werde versuchen, den

Staatsanwalt davon zu überzeugen, dass er einen Haftbefehl ausstellt. Dann könnten die Kollegen in Wuppertal den Knaben gleich festnehmen, wenn sie ihn zu Gesicht bekommen. Aber jetzt fahre ich erst einmal zu Elisabeth Hahnemann. Vielleicht finde ich dort auch noch weitere Anhaltspunkte, die uns weiter bringen.«

»Mach das und melde dich, wenn du was vom Staatsanwalt hörst. Ich glaube nämlich auch, dass dieser Junge durchaus etwas Licht ins Dunkel bringen könnte.»

Jens Wischkamp verabschiedete sich und machte sich auf den Weg zu Tobias Mutter. Solche Besuche mochte kein Beamter gern. Was auch immer den Mann veranlasst haben mochte, seine Lebensgefährtin über seine wahre Identität im Unklaren zu lassen, die Frau hatte ihn geliebt. Ihr jetzt mitteilen zu müssen, dass er ermordet worden war, war keine leichte Aufgabe.

***

Elisabeth Hahnemann hatte eine schlaflose Nacht hinter sich und das sah man ihr auch an. Als Jens Wischkamp klingelte, öffnete sie die Haustür. Dunkle Ringe lagen unter ihren Augen und mit einer leicht heiseren Stimme vom vielen Weinen bat sie den Kommissar hinein.

»Gute Neuigkeiten werden Sie wohl kaum für mich haben, wenn Sie so früh am Morgen hier anschellen?«

Die Frage klang resigniert und schon wieder schwangen Tränen in der Stimme der Frau mit.

»Bitte setzen Sie sich, Frau Hahnemann. Es gibt da ein paar Dinge, die ich Ihnen mitteilen muss.«

»Ist etwas mit Tobias?«

»Nein. Ich denke, Ihrem Sohn geht es nach wie vor gut. Wir suchen aber jetzt gezielt nach ihm in Wuppertal, weil es eine Menge Fragen gibt, die er uns beantworten sollte.«

»Dann sind sie wegen Peer hier, nicht wahr?«

Jens nickte.

»Es tut mir leid, Frau Hahnemann, aber ihr Lebensgefährte wurde gestern Vormittag tot aufgefunden.«

Tränen liefen der Frau über die Wangen, ein Schluchzen schüttelte ihren Körper.

»Und wir haben noch gestritten, bevor er weggegangen ist. Was ist denn nur passiert? Hatte er einen Unfall?«

»Nein, Frau Hahnemann. Das ist leider alles viel komplizierter. Sagt Ihnen der Name Michael Weber etwas?«

»Nein. Wer ist das? Und was hat er mit Peer zu tun?«

Die Frau bemühte sich sichtlich, ihre Emotionen im Griff zu behalten. Sie ließ den Gedanken daran, dass der Mann, den sie liebte, nicht mehr zurückkommen würde, offensichtlich noch gar nicht an sich heran.

»Wann und wie haben Sie Ihren Lebensgefährten eigentlich kennengelernt, Frau Hahnemann?«

Verwundert hob Elisabeth die Augenbrauen. Wieso wollte der Kommissar das denn jetzt wohl wissen?

»Das war vor etwas mehr als zwei Jahren. Er ist mir im Supermarkt versehentlich mit seinem Einkaufswagen in die Hacken gefahren. Das hat ziemlich geschmerzt. Er hat sich wortreich entschuldigt, mir meine Einkäufe ins Auto geräumt und mich dann zu einer Tasse Kaffee eingeladen. Wissen Sie, da gibt es direkt im Supermarkt eine Bäckerei mit angeschlossenem Café. Wir haben dort gesessen und geplaudert und dabei gar nicht bemerkt, wie die Zeit vergeht. Wir haben uns auf Anhieb ganz wunderbar verstanden. Als wir uns verabschiedet haben, haben wir unsere Telefonnummern getauscht und versprochen, uns bald wieder zu treffen. Peer war damals ziemlich neu in Werne und kannte weiter noch niemanden. Ich hatte Herzklopfen wie ein Teenager. Ja, und keine zwei Monate später ist er dann bei mir eingezogen.«

Elisabeth stockte. Jetzt wurde ihr zum ersten Mal wirklich bewusst, dass sie wieder allein war, und zwar ganz allein. Denn auch ihr Sohn Tobi war ja weg und wer wusste schon, ob er wiederkommen wollte. Sie weinte leise vor sich hin. Dann sah sie Jens in die Augen.

»Können Sie mir bitte sagen, was genau passiert ist. Ich muss das einfach wissen. Ich mache mir solche Vorwürfe, weil wir doch gestritten haben, bevor er das Haus verließ.«

Jens legte ihr beschwichtigend die Hand auf die Schulter.

»Sie müssen sich wirklich keinerlei Vorwürfe machen, Frau Hahnemann. Peer Wessels – oder vielleicht sollte ich lieber sagen Michael Weber – hat sie von Anfang an leider belogen. Er war nicht der, der er zu sein vorgab.«

»Was meinen Sie damit?«

»Michael Weber war ein polizeibekannter Krimineller aus Bremerhaven. Vor einiger Zeit hat er sich mithilfe falscher Papiere eine neue Identität zugelegt und kam als Peer Wessels hierher nach Werne. Wir wissen noch nicht, warum er das getan hat. Wir vermuten aber, dass er verhindern wollte, für eine Straftat, die er in Bremerhaven begangen hatte, belangt zu werden.«

Elisabeth konnte nicht fassen, was sie da zu hören bekam. Da hatte Tobias von Anfang an Recht gehabt mit seinem Misstrauen gegen Peer und sie hatte zugelassen, dass der Jungen aus seinem Zuhause vertrieben worden war.

»Und wie ist Peer, ich meine, wie ist dieser Mann nun gestorben, Herr Kommissar?«

»Er wurde ermordet, Frau Hahnemann. Jemand hat ihn zunächst niedergeschlagen und dann mit einem gezielten Schuss in die Stirn getötet. Um Spuren zu verwischen, hat der Täter offensichtlich seinen Hund auf den leblosen Körper gehetzt. Michael Weber war bis zur Unkenntlichkeit entstellt, als wir ihn gefunden haben.«

»Einen Hund? Wollen Sie deshalb mit Tobi reden? Glauben Sie etwa, Tobi hat etwas damit zu tun? Das kann nicht sein, Herr Kommissar. Sein Hund ist zwar ein Listenhund, aber er ist noch ein Welpe. Er ist nicht als Kampfhund ausgebildet worden. Tobias hat die illegalen Ausbildungsmethoden verabscheut. Er würde seinem Hund so etwas niemals antun.«

Elisabeth Hahnemann hatte sich in Rage geredet.

»Bleiben Sie ruhig, Frau Hahnemann. Wir glauben derzeit nicht, dass Tobias etwas mit dem Tod von Michael Weber zu tun hat. Fakt ist aber, dass Ihr Sohn sich in Wuppertal in der Nähe einer illegalen Ausbildungsstätte für Kampfhunde aufhält. Es ist also möglich, dass er uns Anhaltspunkte dafür liefern kann, ob jemand aus diesem Umfeld für die Tat infrage kommt. Das Gelände wird bereits von der Staatsanwaltschaft in Wuppertal überwacht. Wenn Ihr Sohn dort gesehen wird, wird man ihn vorläufig festnehmen und hierher nach Werne überstellen, damit ich mit ihm reden kann. Ich verspreche Ihnen, ich informiere Sie sofort, wenn Tobias hier eintrifft. Nach seiner Vernehmung kann er dann vermutlich sofort mit Ihnen nach Hause gehen. Ich meine, sofern sich dabei zweifelsfrei herausstellt, dass er nichts mit dem Tod von Michael Weber zu tun hatte.«

»Und wenn das doch der Fall sein sollte?«

Die Frage kam leise und sehr verzweifelt aus Elisabeths Mund. Sie wusste, dass Tobias Peer gehasst hatte. Wer konnte denn schon sagen, ob er nicht doch … . Sie wagte es gar nicht, diesen Gedanken zu Ende zu denken.

»Dann wird er sich dafür verantworten müssen. Aber denken Sie jetzt erst einmal nicht an so etwas. Die Ermittlungen dauern noch an. Wie gesagt, wenn ich weiß, wann man Tobias nach Werne bringt, rufe ich Sie gern an. Wenn Ihnen noch etwas einfällt, auch wenn es Ihnen unbedeutend erscheint, melden Sie sich bitte bei mir. Ich lasse Ihnen meine Karte da, da steht auch meine Mobilfunknummer drauf. Sie erreichen mich also auch, wenn ich gerade nicht im Dienst bin.«

Dann verabschiedete sich Jens, wohl wissend, dass er eine vollkommen verzweifelte Frau zurückließ. Deshalb fragte er in der Haustür:

»Haben Sie jemanden, der nach Ihnen sehen kann? Ich finde es nicht gut, wenn Sie jetzt alleine bleiben.«

Elisabeth straffte die Schultern und brachte sogar ein kleines Lächeln zustande.

»Keine Sorge, Herr Kommissar. Ich bin daran gewöhnt, allein zu sein. Bevor ich Peer kennenlernte, war ich es ja auch. Ich werde stark sein für meinen Sohn. Egal, was er angestellt haben mag, er ist doch mein Junge und er braucht mich, auch wenn er das nicht wahrhaben will.«

Jens nickte. Mütter waren schon etwas ganz Besonderes. Ihre Liebe zu ihren Kindern ließ sich wahrscheinlich durch rein gar nichts erschüttern. Unwillkürlich sah er Silvie und Anna vor sich. Hoffen wir, dass uns solche Sorgen mit Anna erspart bleiben, dachte er, bevor er den Zündschlüssel herumdrehte, das Auto startete und zurück nach Unna fuhr.

***

Im Büro angekommen fand Jens einen Zettel auf seinem Schreibtisch. Die Gerichtsmedizin in Dortmund wartete auf einen Rückruf. Sofort griff er zum Telefon.

»Hallo, Doc. Was gibt es denn so Wichtiges? Ich dachte, die Autopsie wäre abgeschlossen. Ich warte auf deinen Bericht.«

»Ach, Jens, gut, dass du so schnell zurückrufst. Mir ist da was komisch vorgekommen, also habe ich mir unseren Toten vom Hundeplatz noch einmal genauer angesehen. Dabei habe ich im Wundkanal der Schusswunde ebenfalls DNA-Spuren von dem Hund gefunden. Sie sind identisch mit den Speichelproben, die ich aus den Gesichts- und Halswunden entnommen habe.«

»Und was ist daran so ungewöhnlich, Doc?«

»Nun, an diese Stelle hätte die DNA nicht gelangen können, wenn die Bisse post mortem, also nach dem Tod, erfolgt wären.«

»Willst du damit andeuten, der Mann wurde zuerst zerfleischt und dann erschossen?«, fragte Jens entsetzt.

»Teils, teils, würde ich sagen. Ich denke, er ist durch einige gezielte Hundebisse gefoltert worden. Dann wurde er erschossen und später hat man den Hund noch einmal auf ihn gehetzt.«

Es blieb eine Weile still, denn Jens musste erst einmal realisieren, was er gerade zu hören bekam.

»Wer macht denn so was? Das ist ja absolut entsetzlich.«

»Ja, da gebe ich dir recht. Der Täter muss entweder einen unbändigen Hass auf den Mann gehabt haben. Oder er wollte Informationen aus ihm herauspressen und hat sich als Folterinstrument einen bissigen Hund ausgesucht. Die ersten Bisse haben Weber definitiv seine Nase und einige große Fleischstücke aus den Wangen gekostet. Damit hätte er aber zur Not noch sprechen können.«

»So was kann doch nur ein Psychopath machen.«

»Wahrscheinlich. Trotzdem würde ich dir raten, dich noch einmal intensiv mit dem Umfeld und der Vergangenheit von unserem Herrn Weber zu beschäftigen. Vielleicht stößt du dort ja auf den Täter. Ganz ehrlich, ich kann mir nicht vorstellen, dass ein 18jähriger Junge zu so etwas in der Lage sein sollte. Ich vermute, da steckt noch etwas ganz anderes dahinter. Aber das ist dein Job und nicht meiner. Ich mache jetzt den Bericht fertig und schicke ihn dir rüber. Die DNA-Abgleiche mit den Hunden aus dem Hundeverein laufen noch. Sobald ich da was weiß, melde ich mich.«

Nachdenklich legte Jens den Hörer auf. Mit knappen Worten setzte er seine Kollegin ins Bild.

»Gib mir mal die Akten aus Bremerhaven rüber. Vielleicht finde ich da einen Ansatz, wo ich nachhaken kann.«

Jens überprüfte die gesamte Polizeiakte von Michael Weber, dann lehnte er sich in seinem Stuhl zurück.

»Es gibt nur einen Fall, der merkwürdig erscheint in seiner Akte.«

»Du meinst damit sicher den vermeintlichen Einbruch in diese Millionärsvilla bei Bremerhaven?«

»Ja, genau den meine ich. Der Fall wurde damals nicht weiter verfolgt, weil der Eigentümer vehement bestritten hat, dass bei ihm überhaupt eingebrochen worden sei. Die beiden Zeugen, die damals die Polizei gerufen hatten, weil sie verdächtige Personen auf dem Grundstück entdeckt hatten, konnten sich auf einmal gar nicht mehr so genau daran erinnern, was sie wirklich gesehen hatten. Weber war verdächtigt worden, dort gemeinsam mit einem unbekannten Komplizen am Werk gewesen zu sein. Weil aber der Besitzer der Villa, übrigens ein Rumäne mit einem etwas undurchsichtigen Hintergrund, keine Anzeige erstatten wollte, ist die ganze Sache im Sand verlaufen.«

»Aber wenn doch da wirklich nichts gestohlen wurde, wie sollte dieser Fall denn im Zusammenhang mit dem Mord an Weber stehen?«

»Schneiderlein, das weiß ich noch nicht. Aber stell dir mal vor, Weber wäre tatsächlich dort eingebrochen. Dabei hat er möglicherweise etwas entwendet, von dem niemand und schon gar nicht die Polizei, etwas wissen darf.«

»Und was sollte das deiner Meinung nach gewesen sein?«

»Keine Ahnung. Vielleicht Rauschgift oder Schwarzgeld oder gestohlene Kunstwerke. Niemand weiß doch offensichtlich so genau, womit dieser – wie heißt er doch gleich – Theodore Romanescu sein Geld verdient. Nur dass er offensichtlich jede Menge davon hat, scheint festzustehen.«

»Okay, nehmen wir das also mal an. Dann müsste der Mann zum einen wissen, wer damals bei ihm eingebrochen ist und zum anderen müsste er Michael Weber unter seiner neuen Identität hier in Werne aufgespürt haben. Das klingt mir alles zu unwahrscheinlich, mein Lieber.«

»Es könnte ja auch der Komplize gewesen sein. Wenn die beiden gemeinsam etwas von großen Wert geklaut haben und Weber setzt sich sang- und klanglos ab und nimmt möglicherweise die Beute mit, dann hätte der Komplize allen Grund, nach ihm zu suchen und ihn zum Reden zu bringen.«

»Das sind alles nur Spekulationen, Jens. Das bringt uns in dem Fall im Augenblick aber keinen Schritt weiter. Ich kann mir ja auch nicht so recht vorstellen, dass der Sohn seiner Lebensgefährtin den Mann so zugerichtet hat. Aber er ist und bleibt unser Hauptverdächtiger, besonders nach der Aussage, die sein Freund gemacht hat. Du solltest dich erst einmal darauf konzentrieren, diesen Tobias Hahnemann zu finden.«

Jens nickte. Seine Kollegin hatte sicher recht. Aber ihm ging die Sache mit dem vermeintlichen Einbruch, der dann keiner gewesen sein sollte, einfach nicht aus dem Kopf.

***

Tobias war immer noch unschlüssig. Elvis hatte sich prächtig entwickelt. Er gehorchte aufs Wort und war auch anderen Hunden gegenüber ausgesprochen friedlich. Den Sommer über war es auch gar nicht schlimm gewesen, im Freien zu übernachten. Was er zu essen brauchte, hatte er sich zusammengebettelt, denn sein gespartes Geld wollte er nicht angreifen. Das war ja eigentlich für die Ausbildung von Elvis gedacht. Aber jetzt wurden die Tage kürzer und die Nächte kälter. Er musste sich langsam entscheiden, was er tun wollte. Entweder, er brachte Elvis jetzt in das Hundecamp und ging für drei Monate wieder nach Hause. Am Ende würde er dann einen ausgebildeten Kampfhund haben, der ihm jederzeit Respekt verschaffen konnte. Die andere Alternative war, zusammen mit Elvis wieder nach Hause zu gehen. Falls er überhaupt noch ein Zuhause hatte. Er konnte sich nicht vorstellen, dass Peer die Wohnung weiter bezahlte, auch wenn Tobias sich da nicht mehr sehen ließ. Und seine Mutter hatte nicht das notwendige Geld für die Miete. Er war schon den ganzen Morgen zu Fuß unterwegs. Jetzt befand er sich in der Nähe des Industriegebietes in Wuppertal-Sonnborn, wo sich das Trainingsgelände befand. Das am Straßenrand geparkte Auto registrierte er nur aus dem Augenwinkel. Als er gerade daran vorbei war, öffnete sich eine Tür und ein Mann stieg aus.

»Herr Hahnemann? Sie sind doch Herr Hahnemann, oder?«

Tobias erschrak. Woher kannte der Mann seinen Namen. Gehetzt schaute er sich um, aber hier war weit und breit nichts, wo er sich verstecken konnte. Elvis schnupperte inzwischen neugierig an den Schuhen des Mannes.

»Ja, das bin ich«, antwortete Tobias trotzig. »Wer will das wissen?«

Der Mann griff in seine Tasche und zog einen Dienstausweis hervor.

»Ich heiße Frank Marbold, Kripo Wuppertal. Uns liegt ein Fahndungsersuchen der Kreispolizeibehörde Unna vor. Danach gelten Sie als vermisst und werden dringend als Zeuge in einem Mordfall gesucht.«

Tobias wurde blass. Dass seine Mutter ihn als vermisst melden würde, damit hatte er gerechnet. Aber was hatte er mit einem Mord zu tun? Bevor er jedoch antworten konnte, hatte Frank Marbold ihn bereits am Arm gepackt.

»Herr Hahnemann, bitte steigen Sie ein. Ihren Hund können Sie gern mit nach hinten nehmen. Ich fordere kurz eine Ablösung an und sobald die Kollegen hier sind, fahren wir in die Stadt auf die Wache. Dort erkläre ich Ihnen dann gern, wie wir weiter verfahren wollen.«

Tobias war so perplex, dass er ohne Widerspruch in das Auto einstieg. Über Funk forderte Kommissar Marbold eine Ablösung für sich und seinen Kollegen an. Nach knapp zehn Minuten war ein weiteres ziviles Fahrzeug der Kriminalpolizei vor Ort und Tobias wurde auf die Polizeiwache gebracht. Elvis fand das Ganze ziemlich aufregend, aber er blieb ruhig neben Tobias sitzen. Man hatte ihn in ein Vernehmungszimmer geführt und ihm eine Cola und ein Sandwich gebracht. Tobias zuckte die Schultern und griff zu. Er hatte seit dem Frühstück nichts mehr gegessen und der Fußweg nach Sonnborn war lang gewesen. Elvis bekam eine Schüssel mit frischem Wasser und eine Handvoll Fleischwurstwürfel, die er eher einatmete, als dass er sie fraß. Frank Marbold kam in das Zimmer und setzte sich Tobias gegenüber an den Tisch.

»Sie sind seit mehreren Wochen aus Werne weg, Herr Hahnemann. Ihre Mutter hat sie bei der dortigen Polizei als vermisst gemeldet. Wir hatten Sie zwar zwischenzeitlich in der Wuppertaler Innenstadt bereits einmal gefunden, sodass die Vermisstenanzeige überflüssig geworden war. Aber jetzt ist etwas passiert und ich habe einige Fragen an Sie. Ich mache Sie aber zuvor darauf aufmerksam, dass Sie sich überhaupt nicht äußern müssen. Sie haben auch das Recht auf einen Rechtsanwalt. Wenn Sie sich keinen Anwalt leisten können, wird Ihnen auf Ihren Wunsch hin ein Pflichtverteidiger zur Seite gestellt.«

»Aber wieso denn? Was ist denn überhaupt los? Ich habe gar keine

Ahnung, was Sie überhaupt von mir wollen. Ich habe doch gar nichts gemacht.«

»Das behauptet im Augenblick auch noch niemand, Herr Hahnemann. Die Kollegen in Werne möchten Sie als Zeugen vernehmen. Es besteht jedoch ein Anfangsverdacht, dass Sie unter Umständen mit dem gewaltsamen Tod von Michael Weber zu tun haben.«

»Michael Weber? Wer ist das denn? Ich kenne niemanden, der so heißt. Das alles muss ein Missverständnis sein.«

»Nun, Sie kennen Herrn Weber bestimmt, allerdings unter dem Namen Peer Wessels.«

Tobias erschrak.

»Peer Wessels? Der ist tot? Das ist doch der Freund von meiner Mutter. Und den hat jemand umgebracht? Ich habe ja immer gesagt, der Kerl taugt nichts, aber sie wollte ja nicht auf mich hören. Und jetzt denken Sie, ich hätte den kaltgemacht?«

»Was ich denke, ist völlig unerheblich, Herr Hahnemann. Und ich denke, es ist auch besser, wenn die Kollegen von der Kripo in Unna Sie über die genauen Umstände aufklären. In etwa zehn Minuten wird das Fahrzeug hier sein, dass Sie nach Werne überstellt. Werden Sie freiwillig mitfahren? Anderenfalls müsste ich Sie nämlich vorläufig festnehmen, dann können Sie sich nicht gegen die Überstellung wehren.«

Tobias überlegte einen kurzen Moment, dann nickte er.

»Klar fahre ich freiwillig mit. Ich hatte mir heute Morgen ohnehin schon überlegt, ob es nicht besser wäre, wieder nach Hause zu fahren.«

»Ach, dann wollen Sie Ihren Hund also nicht mehr zum Kampfhund ausbilden lassen?«

»Ja, nein, also ich … . Ach, wissen Sie, ich hatte das vor. Ich wollte, dass Elvis mir mehr Respekt verschafft. Und ich wollte, dass Peer aus unserem Leben verschwindet. Aber Elvis ist so ein toller Hund, und ich habe meinem Onkel ja auch versprochen, dass ich das niemals tun würde. Die quälen die Hunde nämlich. Ich war einfach nur so unschlüssig. Ich weiß auch nicht, wie ich das erklären soll. Ich habe mir das Geld für die Ausbildung zusammengespart. Aber heute, auf dem Weg dorthin, da habe ich ein schlechtes Gewissen bekommen. Das hat Elvis nicht verdient. Eigentlich hat das überhaupt kein Hund verdient.«

Tobias hatte in einer Tour geredet. Er war froh, dass er sich endlich alle seine Zweifel von der Seele reden konnte.

»Sie wissen also Genaueres über dieses illegale Hundecamp in Sonnborn?«

Tobias nickte.

»Ich war da schon mal und habe mit dem Besitzer gesprochen. Er hat mir auch ein Video gezeigt über die Art der Ausbildung. Deshalb war ich ja so unentschlossen.«

»Herr Hahnemann, wir haben ebenfalls Hinweise aus der Bevölkerung und vom Tierschutz erhalten, dass dort Hunde mit illegalen und ungesetzlichen Mitteln zu Kampfhunden gemacht werden. Wir möchten den Herrschaften gern das Handwerk legen. Aber seit einiger Zeit hört man dort kein Gebell mehr. Wären Sie bereit, gegen den Betreiber der Ausbildungsstätte auszusagen? Dann könnten wir den Laden heute noch ausheben?«

»Der Mann heißt Tom Bartkowski. Und dass Sie nichts mehr hören, liegt daran, dass auf dem Gelände eine schalldichte Halle gebaut worden ist. Da sind die Hunde untergebracht und da findet auch das Training statt. Ich war nämlich zwischendurch noch ein oder zwei Mal da. Bei einem meiner Besuche hat der Bartkowski mir sogar die Halle gezeigt, in der er dann auch Elvis trainieren wollte.«

Frank Marbold machte sich eifrig Notizen. Die Aussagen des Jungen waren Gold wert. Hoffentlich hatte er wirklich nichts mit dem Mord in Werne zu tun. Eigentlich schien er doch ganz in Ordnung zu sein. Frank Marbold hatte Erfahrung mit Jugendlichen in diesem Alter. Meist hatten sie eine große Klappe, aber eigentlich wollten Sie doch nur, dass jemand Zeit für sie hatte und sich um sie kümmerte.

»Gut, Herr Hahnemann. Ich schaue jetzt mal nach, ob der Transporter schon da ist. Die Sache in Werne geht vor. Aber mit Ihrer Aussage bekomme ich vom Staatsanwalt einen Durchsuchungsbeschluss für das gesamte Gelände. Wenn alles so ist, wie Sie es mir geschildert haben, werden dort ab morgen keine Hunde mehr gequält und die Verantwortlichen landen im Gefängnis. Das wird aber ohne Ihre Aussage nicht gehen. Kann ich mich darauf verlassen, dass Sie mir als Zeuge zur Verfügung stehen werden, wenn es soweit ist?«

»Ja, das werde ich. Ich glaube, ich habe inzwischen erkannt, dass ich beinahe einen völlig falschen Weg eingeschlagen hätte. Wie geht es denn eigentlich meiner Mutter?«

Allein diese Frage zeigte Frank Marbold, dass bei dem Jungen noch nicht alles verloren war.

»Sie ist natürlich verzweifelt, Herr Hahnemann. Nicht nur, dass ihr Lebensgefährt gewaltsam zu Tode gekommen ist. Er hat sie ja auch die ganze Zeit angelogen. Und Sie haben auch den Kontakt zu Ihrer Mutter ohne einen ersichtlichen Grund abgebrochen.«

Tobias zog den Kopf zwischen die Schultern. Den Vorwurf hatte er sich wohl verdient. Aber wenn dieser Peer oder wie immer er geheißen hatte, jetzt aus dem Weg war, würde auch das Verhältnis zu seiner Mutter wieder besser werden. Er würde dem Kerl jedenfalls keine Träne nachweinen. Tobias erhob sich, nahm die Hundeleine und lächelte:

»Können wir dann jetzt fahren? Ich möchte gern zu meiner Mutter nach Hause. Sie braucht mich jetzt.«

Frank Marbold nickte.

»Aber nach Hause geht es erst, wenn Sie mit der Kripo geredet haben. Kommissar Wischkamp erwartet Sie bereits in Werne. Beantworten Sie seine Fragen ehrlich und offen, dann können Sie bestimmt bald gehen.«

Er verabschiedete sich von dem jungen Mann und auch von Elvis, der sofort vor Freude an ihm hochsprang. Kaum vorstellbar, dass manche Menschen aus so freundlichen Vierbeinern echte Kampf- und Beißmaschinen machen ließen. Aber damit war zumindest in Wuppertal jetzt Schluss. Während Tobias in den Polizeiwagen stieg, der ihn nach Werne bringen würde, war Frank Marbold bereits auf dem Weg zur Staatsanwaltschaft. Er wollte die Verbrecher in Sonnborn möglichst noch heute zur Strecke bringen.

***

Als der Anruf aus Wuppertal kam, dass Tobias Hahnemann nach Werne überstellt wurde, war Jens bereits auf dem Nachhauseweg. Kurzerhand fuhr er zum Werner Bahnhof, um sich selbst um die Befragung des Jungen zu kümmern. Ein sichtlich verunsicherter Teenager wurde kurz darauf in das Vernehmungszimmer geführt.

»Hallo Tobias. Es ist doch in Ordnung, wenn ich dich duze und beim Vornamen nenne, oder?«

Tobias nickte und rief Elvis zur Ordnung, der unbedingt an dem Kommissar schnuppern wollte. Jens lachte.

»Lass ihn ruhig, ich habe selbst einen Hund, vermutlich riecht er das.«

Während er den Hund streichelte, sah er Tobias aufmerksam an. Der rutschte nervös auf seinem Stuhl Hin und Her.

»Tobias, ich brauche eine DNA-Probe von deinem Hund.«

»Von Elvis? Wieso dass denn? Und wie geht so was?«

»Das ist ganz einfach. Du steckst ihm dieses Wattestäbchen ins Maul und achtest darauf, dass es feucht vom Speichel wird. Aber pass auf, dass er das Ding nicht gleich auffrisst.«

»Und wozu ist das gut?«

»Dass der Lebensgefährte deiner Mutter tot ist, weißt du sicher. Er wurde ermordet und zuvor offensichtlich von einem Hund gebissen. Anhand von DNA-Abgleichen kann im Labor gestgestellt werden, welcher Hund diese Bisse verursacht hat.«

»Aber Elvis hat den Kerl nie gebissen?«

»Dann können wir ihn mithilfe dieser Probe ausschließen. Tobias, das ist sehr wichtig. Ich weiß, du mochtest den Mann nicht. Aber er ist gefoltert worden, bevor er starb, und das hat niemand verdient. Versteh mich bitte nicht falsch, aber dein Freund Kevin hat uns erzählt, du wolltest Elvis ausbilden lassen. Kevin hatte auch den Verdacht, dass du durchaus bereit wärst, den Hund gegen den Mann, der sich euch gegenüber Peer Wessels genannt hat, einzusetzen. Er ist kurze Zeit nach dir verschwunden. Dass du zum Kreis der Verdächtigen gehörst, und damit auch dein Hund, ist also nicht weiter verwunderlich. Du kannst deine Unschuld am Besten dadurch beweisen, dass du uns diese Speichelprobe von Elvis gibst. Wenn du dich weigerst, habe ich in weniger als einer halben Stunde einen Gerichtsbeschluss dafür, und dann musst du es ohnehin tun. Also, was ist jetzt?«

Tobias nickte und nahm das Wattestäbchen. Problemlos hielt er Elvis das Maul auf und entnahm die Probe, die er dem Kommissar reichte.

»Darf ich etwas sagen?« Jens Wischkamp nickte.

»Also, der Kevin hatte schon recht, ich wollte Elvis ausbilden lassen. Aber dann habe ich gesehen, welche Methoden die anwenden und war mir plötzlich nicht mehr sicher. Das Geld hatte ich mir zusammengespart, ich habe sogar auf der Straße gelebt, um nichts davon auszugeben. Und klar, ich wollte nichts lieber, als dass dieser Kerl endlich auf Nimmerwiedersehen aus unserem Leben verschwindet. Vorher war nämlich alles wirklich gut zuhause. Manchmal habe ich auch rumgesponnen, dass man den Kerl einfach wegpusten müsste. Aber ich hätte so etwas doch nie getan. Und gegen diese illegalen Hundetrainer werde ich als Zeuge aussagen, das habe ich der Kripo in Wuppertal versprochen. Ich weine dem Typen wahrhaftig keine Träne nach, aber ich habe mit seinem Tod nichts zu tun und Elvis auch nicht, das müssen Sie mir einfach glauben, Herr Kommissar.«

»Ich glaube dir, Tobias. Aber diese Untersuchung muss einfach gemacht werden, der Vollständigkeit halber, verstehst du? Wir haben auch alle Hunde aus dem Hundeverein getestet, in dem du mal warst.«

»Aus dem Hundeverein? Wieso denn das? Da gibt es außer Elvis nicht einen Listenhund.«

»Nun, zu einer Beißmaschine kann man jeden Hund ausbilden lassen, habe ich mir sagen lassen. Und die Leiche von Michael Weber, so hieß er ja eigentlich, die haben wir eben auf diesem Hundeplatz gefunden. Auch das war eine Spur, die auf dich hingedeutet hat. Ortsfremde würden diesen Platz doch gar nicht auf Anhieb finden, was meinst du?«

Tobias schüttelte den Kopf, schien aber über etwas nachzudenken.

»Mir fällt da etwas ein, Herr Kommissar. Ich weiß nicht, ob es wichtig ist. Aber vor ein paar Wochen, da hat mich mal jemand an der B54 angesprochen. Er fuhr einen schicken schwarzen Mercedes. Er hielt neben mir und deutete auf Elvis. Dann fragte er mich, ob ich mit dem Hund irgendwo trainieren würde. Ich habe ihm gesagt, dass ich zum Hundeplatz gehe, damit Elvis ein gutes Sozialverhalten lernt und den Wesenstest besteht. Bei der Gelegenheit konnte ich in das Auto hineinsehen. Er hatte im Kofferraum eine Hundebox aus Metall und ich bin fast sicher, dass da ein schwarzer Staff drin war. Beschwören kann ich das aber nicht. Ich habe ihn noch gefragt, ob er mit seinem Hund auch auf einen solchen Trainingsplatz möchte. Aber er hat nur den Kopf geschüttelt, gelacht und ist dann weiter gefahren.«

»Erinnerst du dich daran, wie der Mann ausgesehen hat?«

»Nicht wirklich, er trug eine schwarze Sonnenbrille und hatte lange schwarze Haare, die er mit viel Gel nach hinten gekämmt hatte. Er war schon älter, wahrscheinlich waren die Haare gefärbt. Und er hatte einen sonderbaren Akzent, so als käme er aus dem Osten. Ich habe ihn aber danach nie wieder in Werne oder in der Nähe des Hundeplatzes gesehen.«

»Erinnerst du dich noch an das Kennzeichen?«

»Nein, nur, dass das Auto nicht aus dem Kreis Unna stammt, ist mir aufgefallen. Glauben Sie, dieser Typ hat den Freund meiner Mutter umgebracht?«

»Keine Ahnung. Aber es wäre immerhin möglich. Er hatte, wie du sagst, einen Hund dabei, der die Bisse verursacht haben könnte. Und er war nicht von hier, das deckt sich mit einer anderen Spur, die gerade verfolge. Für dich war es das jetzt erst einmal, Tobias. Ich lasse dich von einem Streifenwagen nach Hause bringen. Deine Mutter wartet schon ungeduldig auf dich. Verlass bitte die Stadt vorläufig nicht, ich könnte noch Fragen haben. Versprichst du mir das?«

Tobias nickte und reichte Jens Wischkamp die Hand. Dann verließ er den Wachraum und stieg vor der Tür in den bereit stehenden Wagen. Elvis hatte sich inzwischen ans Autofahren gewöhnt und rollte sich sofort neben Tobias zusammen. Endlich wieder nach Hause, ein warmes Bett, regelmäßige Mahlzeiten und kein Kerl, der ständig nervte. Tobias nahm sich vor, nett zu seiner Mutter zu sein. Er würde sich wieder einen Job suchen, mit Elvis wieder auf den Hundeplatz gehen und endlich versuchen, etwas aus seinem Leben zu machen.

***

Jens grübelte auf dem kurzen Weg nach Hause über das, was Tobias Hahnemann ihm erzählt hatte. Das konnte einfach kein Zufall sein. Ein Mann mit osteuropäischem Akzent, der noch dazu vermutlich einen Kampfhund dabei hatte, hatte sich nach dem Hundeplatz erkundigt. Und Michael Weber war vor einigen Jahren in die Villa eines rumänischen Millionärs eingebrochen. Da musste ein Zusammenhang bestehen. Irgendetwas hatte Weber damals mitgehen lassen, was der Rumäne so unbedingt wieder haben wollte, dass er auch viele Jahre später noch immer nach dem Einbrecher suchte, den es seiner Aussage nach ja überhaupt nicht gegeben hatte. Jens rief seine Kollegin an.

»Schneiderlein, setz dich doch bitte noch einmal mit den Kollegen in Bremerhaven in Verbindung. Ich möchte wissen, ob dieser Rumäne immer noch dort wohnt. Es wäre auch hilfreich, wenn du herausfinden könntest, was für ein Auto er fährt und ob er Besitzer eines Staffordshire Terriers ist.«

Verena Schneider versprach, sich gleich darum zu kümmern. Inzwischen war Jens vor seiner Haustür angekommen und hörte schon beim Aussteigen fröhliches Hundegebell und das muntere Plappern seiner kleinen Tochter aus dem Garten. Er nahm also gar nicht den Umweg über die Haustür, sondern ging sofort auf das Gartengrundstück. Sowohl der kleine Hund als auch Anna stürzten auf ihn zu und begrüßten ihn stürmisch. Seine Frau lachte.

»Da spiele ich ja wohl nicht einmal mehr die zweite Geige in dieser Familie, was? Erst begrüßt du den Hund, dann das Kind und ich muss abwarten, bis ich dran bin.«

Silvie versuchte, ihrer Stimme einen vorwurfsvollen Klang zu verleihen, aber das gelang ihr nicht so recht. Und so lachten sie alle drei um die Wette und genossen es, dass Jens endlich mal wieder pünktlich Feierabend machen konnte. Später, als die kleine Anna friedlich in ihrem Bett lag und schlief, setzte sich das Ehepaar Wischkamp auf die Terrasse. Jens erzählte seiner Frau in kurzen Worten, was heute so alles passiert war. Silvie atmete auf.

»Dann glaubst du also auch nicht mehr, dass dieser Junge etwas mit dem Tod seines Stiefvaters zu tun hat?«

»Nein, Liebes. Ich denke, wir können ihn sicher ausschließen und seinen Hund auch, wenn ich auch das Ergebnis aus dem Labor noch nicht habe.«

Wie aufs Stichwort klingelte sein Handy. Am anderen Ende meldete sich Dr. Gerd Leinemann, der Gerichtsmediziner.

»Hallo Jens, ich weiß, du hast schon Feierabend. Aber ich dachte, du möchtest die Ergebnisse aus dem Labor sofort wissen. Ich kann inzwischen mit Sicherheit sagen, dass keiner der getesteten Hunde aus eurem Verein den Mann gebissen hat. Auch die letzte Probe, die ich ja erst heute bekommen habe, ist negativ. Du musst dir also einen anderen Hund suchen. Schade, dass man hier noch keine Reihen-DNA-Tests anordnen kann wie bei Menschen.«

»Danke, Doc. Da werden die Vereinsmitglieder sehr beruhigt sein und Tobias und seinen Hund hatte ich für mich im Stillen ohnehin schon ausgeschlossen. Ich glaube, da steckt etwas ganz Anderes hinter diesem brutalen Mord.«

»Ach, hast du eine neue Spur?«

»Ja, ich denke schon. Sie führt mich in die Vergangenheit von Michael Weber. Er wurde einmal eines Einbruchs verdächtigt. Der Eigentümer des Hauses war ein rumänischer Millionär, von dem niemand so genau weiß, womit er eigentlich sein Geld verdient. Er hat den Einbruch damals abgestritten und versichert, die Aufbruchsspuren an seiner Haustür selbst verursacht zu haben. Damit wurde der Fall zu den Akten gelegt. Die Kollegen in Bremerhaven glaubten zwar damals den Zeugen, die zwei unbefugte Männer auf dem Grundstück und im Haus gesehen hatten, konnten aber trotzdem nichts weiter unternehmen. Und kurze Zeit, bevor Michael Weber spurlos verschwindet, taucht ein Mann mit osteuropäischem Akzent in Werne auf und trifft ausgerechnet auf Tobias Hahnemann. Der hat mir die Begegnung heute geschildert. Wie der Zufall es wollte, war er damals gerade auf dem Weg zum Hundeplatz und hat den Fremden sogar eingeladen, doch mal probeweise mit seinem Hund zum Training zu kommen. Da klingeln im Augenblick bei mir alle Alarmglocken.«

»Du meinst, der Rumäne hat so lange nach Weber gesucht, bis er ihn hier in Werne unter falschem Namen aufgetrieben hat? Aber wie passt der Hundeplatz dann in das Bild?«

»Na, denk doch mal nach. Der Platz ist schön abgelegen und Hundegebell fällt dort doch am wenigsten auf. Da rechnet doch jeder damit, dass da ab und an mal ein Hund bellt. Für den Rumänen muss das doch ein Glücksfall gewesen sein, dass er Tobias getroffen hat. Bestimmt war er schon auf der Suche nach einem abgelegenen Grundstück, wo er Weber später entsorgen konnte.«

»Ja, aber ich habe dir gesagt, dass der Fundort der Leiche nicht der Tatort gewesen ist.«

Jens wurde nachdenklich.

»Stimmt, das passt noch nicht ins Bild. Aber vielleicht liegt der Tatort da irgendwo auf oder neben dem Gelände. Da sind doch nichts als Felder und Wiesen weit und breit.«

»Dann würde ich an deiner Stelle das Gelände noch einmal großräumig absuchen lassen. Die Suchhunde finden Blutspuren, auch wenn sie schon Wochen alt sind, mit Sicherheit.«

Jens beendete das Gespräch und rief noch einmal in Unna an. Verena Schneider meldete sich ziemlich empört:

»Du, hexen kann ich nicht und in Bremerhaven arbeitet auch kein Zauberer.«

»Langsam, Schneiderlein, langsam«, beruhigte Jens, »deswegen rufe ich doch gar nicht an. Ich möchte den gesamten Hundeplatz und das Gelände drumherum noch einmal mit Hunden absuchen lassen. Ich kümmere mich darum, dass ich den Schlüssel zum Trainingsgelände bekomme und du organisierst Hundeführer und Spürhunde. Nach reiflicher Überlegung bin ich zu dem Schluss gefunden, dass der Tatort irgendwo in der Nähe des Fundortes sein muss. Vielleicht finden wir doch noch Spuren, die Rückschlüsse auf den Täter erlauben.«

Verena seufzte. Den frühen Feierabend konnte sie abhaken. Da lag noch eine Menge Arbeit vor ihr. Aber sie war mit Leib und Seele Polizistin. Ein noch nicht gelöster Fall machte ihr genauso viel Kopfzerbrechen wie Jens Wischkamp. Und deshalb griff sie auch gleich zum Telefon, um alles Notwendige für die Suchaktion am nächsten Morgen in die Wege zu leiten.

***

Tobias hatte sich mit seiner Mutter ausgesprochen. Er vermied es sogar, ihr noch irgendwelche Vorwürfe wegen Peer zu machen. Elisabeth versprach, ihm bei der Jobsuche zu helfen und Tobias war glücklich, dass er wieder zuhause wohnen konnte. Die Zeit in Wuppertal war härter gewesen, als er es sich vorgestellt hatte.

»Ich rufe jetzt mal Kevin an. Ich glaube, der fühlt sich nicht so ganz wohl in seiner Haut nach der Aussage, die er über mich gemacht hat.«

»Du willst ihm aber doch nicht etwa Vorwürfe machen, Tobias? Der Junge hat nur getan, was er für richtig gehalten hat. Selbst ich hatte einen Augenblick lang Zweifel, ob du nicht etwas mit Peers Verschwinden zu tun haben könntest.«

»Ja, ich weiß, Mama. Nein, ich werde ihm keine Vorwürfe machen. Ich will einfach meinen Freund zurück. Und jetzt, wo die Polizei davon überzeugt ist, dass ich unschuldig bin, werden sicher auch seine Eltern nichts mehr dagegen haben, wenn wir uns wieder regelmäßig sehen. Ohne Kevin war es echt langweilig.«

Dann griff er zum Telefon. Kevin meldete sich sofort, denn er hatte Tobias Handynummer natürlich auf Anhieb erkannt.

»Mensch, Alter, wo bist du bloß? Und was ist eigentlich los? Dein Stiefvater ist ermordet worden, habe ich gehört. Und du sollst unter Verdacht stehen. Kann ich dir irgendwie helfen?«

Kevin hatte kaum Luft geholt beim Sprechen und war nun ganz außer Atem.

»Jetzt beruhige dich mal. Ich bin zuhause, bei meiner Mutter. Sie braucht mich jetzt. Und was diesen Kerl angeht: Der war nie mein Stiefvater. Schließlich haben die beiden ja Gott sei Dank nicht geheiratet. Naja, dass sie mich verdächtigt haben, daran warst du ja wohl nicht so ganz unschuldig, oder?«

Es blieb eine Weile still am anderen Ende der Leitung.

»Mensch, Tobi, als deine Mutter hier war und erzählt hat, dass auch ihr Freund spurlos verschwunden ist, da ist mir ein wenig mulmig geworden. Du hast oft genug gesagt, dass er verschwinden muss und dass du das schon irgendwie schaffen wirst. Mein Alter hat gemerkt, das was nicht stimmt und mich solange bekniet, bis ich ihm gesagt habe, dass du deinen Hund zum Kampfhund ausbilden lassen wolltest. Dann hat er mich zur Polizei geschleift und da musste ich die Aussage wiederholen.«

»Keine Sorge, Kevin. Ich nehm dir das nicht übel. Es ist aber jetzt alles geklärt, ich habe überhaupt nichts damit zu tun. Und der Hund ist auch nicht in dieses Trainingslager gekommen. Ich habe gesehen, was die dort mit den Tieren anstellen. Das konnte und wollte ich ihm einfach nicht antun. Die Polizei in Wuppertal macht den Laden jetzt dicht und ich werde vor Gericht gegen den Typen aussagen. Der wird nie wieder Hunde quälen, das kannst du mir glauben. Wollen wir uns nachher treffen?«

»Heute kann ich nicht, Tobias. Meine Mutter hat Geburtstag. Deshalb muss ich jetzt auch aufhören, mit dir zu telefonieren. Aber morgen gerne. Kommst du zu mir oder soll ich zu dir kommen?«

Tobias hörte an Kevins Stimme, dass ihm die zweite Alternative deutlich lieber war.

»Komm her, wir können ein bisschen zocken. Und du kannst mir helfen, Bewerbungen zu schreiben. Ich brauche nämlich einen Job, damit meine Mutter nicht mehr so viel arbeiten muss. Sie hat sich auch mal ein bisschen Ruhe verdient.«

Tobias legte auf. Fast konnte er selbst nicht glauben, was er da gerade gesagt hatte. Elisabeth hatte das Gespräch vom Wohnzimmer aus mitgehört. Sie lächelte leise. Der Schmerz um den Betrug und auch um den Verlust ihres Lebenspartners saß noch immer tief. Aber wenigstens hatte sie jetzt ihren Sohn zurück und der schien endlich auf dem richtigen Weg zu sein. Sie griff ebenfalls zum Telefon, um ihren Schwager in Hamburg zu informieren, dass Tobias und Elvis wohlbehalten wieder zuhause waren. So übel schien der Walter gar nicht zu sein, auch wenn er sie immer Lisbeth nannte. Und er war ein Teil ihrer Familie, den sie möglicherweise viel zu lange verleugnet hatte. Walter könnte Tobias so etwas wie ein Vater-Ersatz sein, wenn er einmal einen männlichen Rat brauchte. Mit dem Hund hatte Walter schließlich auch recht gehabt. Um Elvis kümmerte der Junge sich wirklich aufopfernd.

***

Als Jens Wischkamp am nächsten Morgen beim Frühstück saß, klingelte sein Handy.

»Hallo, Jens. Verena hier. Die Hundestaffel und die Kollegen von der Spurensicherung treffen in ein paar Minuten in Werne ein. Die erste Vorsitzende von eurem Verein ist mit den Schlüsseln schon da. Wenn du dabei sein möchtest, kannst du ja gleich dorthin fahren, bevor du nach Unna kommst.«

»Gute Idee, ich fahr gleich rüber. Hast du schon was aus Bremerhaven?«

»Ein paar Infos haben die Kollegen schon geschickt. Ein Kommissar Willms hat angekündigt, dich heute Mittag anzurufen. Bis dahin bist du ja sicher hier.«

»Gut, dann bis später.«

Jens verabschiedete sich von Frau, Kind und Hund und machte sich auf den Weg. Die Schranke, die normalerweise den Weg zum Trainingsgelände versperrte, stand bereits weit offen. Drei Kollegen mit ihren Hunden warteten schon auf den Kommissar.

»Morgen, Jens. Ich denke, es wäre gut, wenn wir beim Fundort anfangen. Dann haben die Tiere gleich die passende Witterung. Dann lassen wir sie erst den Platz absuchen und später die Wiesen und Felder ringsherum. Wenn es hier Blutspuren gibt, dann finden unsere Hunde die auch.«

Jens nickte zustimmend und wies den Kollegen den Weg. Die Hunde zerrten bereits aufgeregt an ihren Leinen. Immer, wenn Jens Wischkamp Gelegenheit hatte, die Suchhunde bei der Arbeit zu beobachten, war er fasziniert. Sie schienen das als aufregendes Spiel anzusehen, dabei war es harte Arbeit und setzte ein sehr intensives Training voraus, einen Hund dazu auszubilden. Sobald die Hunde die Witterung aufgenommen hatten, wurde es ruhig. Sie wussten genau, dass sie nur noch bellen durften, wenn sie tatsächlich etwas gefunden hatten.

Barbara Ohlig hatte inzwischen Kaffee aufgesetzt und reichte Jens einen Becher.

»Ich kann dich übrigens beruhigen, Barbara. Keiner der Hunde aus dem Verein kommt für die Bisswunden infrage. Auch Tobias Hahnemann ist aus dem Schneider.«

»Was ist denn mit dem Jungen? Ich hatte eigentlich den Eindruck, dass er sich hier ganz wohlzufühlen schien. Allerdings mochte er es gar nicht, wenn man ihn kritisierte.«

Jens lachte.

»Das ist doch typisch für dieses Alter. Das mochten wir doch früher auch nicht. Tobias ist wieder zuhause bei seiner Mutter. Dass der Tote der Lebensgefährte seiner Mutter war, das hat Silvie dir ja sicher schon erzählt. Der Mann lebte hier unter falschem Namen. Jetzt versuchen wir herauszufinden, warum er ausgerechnet hierher nach Werne gekommen ist und ob der Mord vielleicht mit einem ungeklärten Fall aus seiner Vergangenheit in Bremerhaven zusammenhängen könnte.«

»Gibt es dafür denn irgendwelche Anhaltspunkte?«

»Ist eine laufende Ermittlung, darüber darf ich dir also nichts erzählen. Aber wir haben zumindest einen Verdacht und verfolgen diese Spur jetzt. Darum auch heute noch einmal eine ausgedehnte Suchaktion. Vielleicht bringt es uns irgendwie weiter, wenn wir den Tatort finden können.«

Dann erzählte Jens Barbara Ohlig kurz von der Begegnung, die Tobias Hahnemann auf dem Weg zum Trainingsgelände gehabt hatte.

»Ist dir in dieser Zeit vielleicht etwas aufgefallen? War hier mal ein Auto, dass nicht hierher gehörte? Oder hast du fremde Personen rings um das Trainingsgelände gesehen?«

Barbara überlegte.

»Spaziergänger trifft man hier immer mal wieder. Die mache ich dann aber sofort darauf aufmerksam, dass das Privatgelände ist und sie hier eigentlich nichts zu suchen haben. Vor ein paar Wochen war da mal ein Mann, der unten an der Horne entlang ging. Aber als ich hinterher bin, habe ich ihn nicht mehr gesehen. Wahrscheinlich ist er über den Bach gesprungen und dann weiter durch die Felder gewandert.«

»Erinnerst du dich noch, ob er einen Hund dabei hatte und wie er ausgesehen hat?«

»Kaum. Ich weiß nur, dass er einen schwarzen Mantel trug, obwohl es eigentlich recht warm war. Und ja, er hatte einen Hund an der Leine, der war schwarz. Aber was für eine Rasse, schwer zu sagen. Mittelgroß und kompakt schien er zu sein.«

»Könnte es ein schwarzer Staff gewesen sein?«

Barbara Ohlig nickte.

»Schön möglich, aber beschwören würde ich das nicht. Dafür war er einfach zu weit weg.«

»Dann noch eine Frage: Wann war das ungefähr, vor oder nach dem Einbruch bei euch?«

»Lass mich nachdenken. Ich glaube, das war kurz vor dem Einbruch. Mensch, dass ich daran nicht gedacht habe. Meinst du, das war der Kerl, der hier eingebrochen ist und die Schlüssel geklaut hat, damit er hier später die Leiche verstecken kann?«

»Möglich wäre das schon, zumal sich deine Beschreibung zumindest teilweise mit dem deckt, was Tobias Hahnemann über den unbekannten Mann im Auto gesagt hat. Das hat mir jedenfalls schon mal wieder ein Stück weitergeholfen. Danke, Barbara.«

In diesem Augenblick schlug einer der Hunde an, und kurze Zeit später war aufgeregtes Gebell zu hören. Jens lief sofort los.

»Habt ihr was?«, fragte er, als er bei den Hunden ankam.

»Scheint so. Jedenfalls haben alle Hunde an dieser Stelle angeschlagen. Wir nehmen Bodenproben, um feststellen zu können, ob hier Blutspuren sind.«

Sie standen auf der zweiten Trainingswiese in der Nähe des Weidezauns. Auf dem Gras war nichts weiter zu sehen, aber das war auch nicht verwunderlich. Es hatte in der letzten Zeit ein paar Mal heftig geregnet. Trotzdem sollte das Labor in der Lage sein, Blut zu finden, wenn es im Boden versickert war. Die Hunde zogen jetzt aufgeregt in Richtung Zaun. Aufmerksam betrachteten die Polizisten den Weidezaun, dann pfiff einer leicht.

»Schaut mal her, Kollegen. An dieser Stelle sieht der Zaun so aus, als sei er mehrfach heruntergedrückt worden.«

Jens ging hinüber. Auch ihm erschien der Zaun an dieser Stelle anders geformt, aber das konnte natürlich viele Gründe haben. Akribisch untersuchten die Beamten jeden Quadratzentimeter des Maschendrahtes.

»Ich glaube, ich habe hier was. Sieht aus, wie ein Stofffetzen. Den tüten wir vorsichtshalber auch mal ein. Und jetzt sollten wir außerhalb der Wiese mit der Suche anfangen, und zwar genau hier hinter dem Zaun.«

Die Hunde wurden über den Platz zurückgeführt ins offene Gelände. Sofort begannen sie wieder mit ihrer Sucharbeit. Jens hielt sich in einiger Entfernung, um die Tiere nicht abzulenken. Aber die waren so konzentriert bei der Sache, dass sie offensichtlich nichts und niemand stören konnte. Plötzlich zog einer der Hunde deutlich in Richtung der Horne, die unterhalb des Trainingsgeländes entlangfloss. Der Beamte verlängerte die Leine und ließ dem Hund so mehr Bewegungsspielraum. Kurze Zeit später ertönte von einem Baum am Ufer lautes Gebell.

»Er hat wieder etwas. Gehen wir nachsehen.«

Der Hund bekam seine Belohnung und Jens und seine Kollegen näherten sich der Stelle, an der der Hund angeschlagen hatte. Jetzt war wieder die Spurensicherung dran. Sorgfältig wurden auch hier Bodenproben aus verschiedenen Tiefen entnommen. Dann rief einer der Beamten:

»Jens, komm mal rüber. Ich glaube, da ist etwas, was du sehen solltest.«

Als Jens sich näherte, deutete der Kollege auf einen Baum.

»Schau mal, da sind Abriebspuren. Das sieht aus, als ob da jemand angebunden gewesen wäre, der versucht hat, sich zu befreien. Das war aber kein Seil. In der aufgescheuerten Rinde sind schwarze Fasern zu finden. Wenn ich mich nicht ganz irre, scheint das Leder zu sein. Außerdem sind diese Spuren ziemlich dicht am Boden. Ich glaube also nicht, dass hier ein Mensch angebunden war. Bei dem Fall, an dem ihr gerade arbeitet, vermute ich eher, hier ist ein Hund mit seiner Leine befestigt worden. Und der hat vermutlich wie ein Irrer an der Leine gezogen und ist Hin und Her gesprungen. So könnten diese Spuren entstanden sein. Ob es tatsächlich Leder von einer Hundeleine ist, kann ich aber erst sagen, wenn wir die Proben im Labor eingehend untersucht habe. Wir haben auch Haare gefunden. Die könnten von einem schwarzhaarigen Mann oder einem schwarzhaarigen Hund stammen. Aber auch das muss ich mir erst unter dem Mikroskop ansehen.«

Jens überlegte. Der unbekannte Mann, der Tobias Hahnemann angesprochen hatte, war schwarzhaarig und sein Hund war es auch. Außerdem hatte Barbara einen Fremden genau hier am Ufer der Horne gesehen. Das waren ein paar Zufälle zu viel für den Kommissar. Alles schien immer mehr darauf hinzuweisen, dass Michael Weber von diesem Unbekannten zuerst gefoltert, dann getötet und später auf dem Hundeplatz begraben worden war. Und für den Einbruch musste dieser Mann dann auch verantwortlich sein, denn sonst hätte er kaum Schranke und Tor zum Trainingsgelände öffnen können, ohne Spuren zu hinterlassen. Die ganze Sache wurde immer rätselhafter. Vielleicht würde das Gespräch mit diesem Kommissar Willms aus Bremerhaven heute Mittag etwas Licht in das Dunkel bringen.

***

Als Jens Wischkamp sein Büro betrat, lagen schon ein paar ausgedruckte E-Mails auf seinem Schreibtisch. Verena lächelte ihn an.

»Also, dieser Theodore Romanescu wohnt noch immer in der Villa am Stadtrand von Bremerhaven, in die Weber damals wahrscheinlich eingebrochen ist. Außerdem fährt er einen schwarzen Mercedes Kombi und er ist Halter eines American Staffordshire Terriers. Und bis heute weiß immer noch niemand, womit der Mann sein Geld verdient. Angeblich hat er sein Vermögen geerbt. Man munkelt aber, dass er irgendetwas mit Schutzgelderpressungen in Bremerhaven zu tun haben soll. Man sagt ihm auch Kontakte zur rumänischen organisierten Kriminalität zu. Da soll wohl sein Bruder ein ganz großes Licht sein. Die Kollegen in Bremerhaven sehen aber derzeit keine Möglichkeit, eine Observation durchzukriegen. Nicht, solange kein begründeter Verdacht vorliegt, dass sich dieser Rumäne irgendwas hat zuschulden kommen lassen.«

»Ich warte mal das Telefonat mit diesem Kommissar ab. Kann sein, dass ich danach mit einem begründeten Verdacht dienen kann. Schließlich ist ein Mann, zu dem einige der hier beschriebenen Attribute passen, in Werne gesehen worden und er zeigte ein auffälliges Interesse an diesem Hundeplatz. Ich muss natürlich noch den Bericht der Spurensicherung abwarten. Aber wenn wir tatsächlich Hundehaare und Spuren von einer Hundeleine gefunden haben, sollte das einem Staatsanwalt da oben genügen. Mal sehen, was dabei herauskommt. Hoffentlich sind die Jungs vom Labor schnell genug.«

Wie aufs Stichwort klingelte sein Telefon. Ein Kollege aus der Kriminaltechnik war am Apparat.

»Hallo Jens, ich weiß ja, es brennt mal wieder. Also, die Fasern, die wir am Baum gefunden haben, sind eindeutig aus schwarzem Leder. Die Haare stammen von einem Hund. Und in den Bodenproben haben wir Blut gefunden. Der Abgleich, ob es sich tatsächlich um Blut des Mordopfers handelt, läuft aber noch. Ich hoffe, das bringt dich schon mal weiter.«

»Danke, Kollege, das ist tatsächlich eine große Hilfe. Mit diesen Beweisen sollten wir einen Beschluss bekommen, dem Hund unseres Verdächtigen eine DNA-Probe zu entnehmen und die Villa nach Hundeleinen durchsuchen zu lassen.«

Kaum hatte Jens aufgelegt, klingelte das Telefon erneut. Dieses Mal war es Kommissar Martin Willms von der Kriminalpolizei in Bremerhaven.

»Moin, moin, Kollege. Ihr scheint ein auffälliges Interesse an einem unserer Bremerhavener Bürger zu haben. Wie können wir denn behilflich sein?«

Jens musste grinsen. Die Ansprache war locker, mit dem Kollegen kam er bestimmt gut zurecht.

»Ich brauche Hintergrundinformationen zu einem gewissen Theodore Romanescu.«

»Ja, das ist mir nach den vielen Anfragen schon klar. Aber was genau willst du wissen?«

»Wir haben uns die Akten über den vermeintlichen Einbruch vor ein paar Jahren schicken lassen. Der Verdächtige damals war ein gewisser Michael Weber. Diesen Herrn haben wir vor ein paar Tagen ermordet in Werne aufgefunden. Zuerst dachten wir an eine Familienangelegenheit, weil er große Probleme mit seinem Stiefsohn hatte. Aber inzwischen wissen wir, dass mehr dahinter stecken muss. Und dieser Theodore Romanescu rückt immer mehr in den Mittelpunkt unseres Interesses.«

»Ja, das war schon ein merkwürdiger Fall damals. Der Zeuge, der die beiden Fremden auf dem Grundstück und später im Haus beobachtet hatte, war absolut glaubwürdig. Aber Herr Romanescu hat vehement bestritten, dass bei ihm eingebrochen worden sei. Wir konnten nichts weiter unternehmen.«

»Wisst ihr etwas über den zweiten Mann?«

»Rein gar nichts. Wir hatten Weber ja damals kurzfristig festgenommen. Aber er hat alles abgestritten und da keine Anzeige erstattet wurde, mussten wir ihn laufen lassen.«

»Wir gehen davon aus, dass Weber damals doch den Einbruch verübt hat. Dabei hat er was mitgehen lassen, von dem die Polizei nichts wissen sollte. Soweit ich den Akten entnehmen konnte, handelt es sich bei Romanescu ja wohl ohnehin um einen etwas zwielichtigen Zeitgenossen, oder?«

»Das kannst du laut sagen. Er stand auch eine ganze Weile unter der Beobachtung der Staatsanwaltschaft. Niemand weiß, womit er sein Geld verdient. Angeblich lebt er vom ererbten Vermögen seiner Familie. Aber Hintergründe über diese Familie haben wir nie zutage fördern können. Er stand eine Weile im Verdacht, mit dem organisierten Verbrechen zu tun zu haben. Schutzgeld, Waffen und so weiter. Aber auch das haben wir ihm bis heute nicht nachweisen können. Wenn ihr also irgendwas in der Hand habt, würde ich mir den Herr allzu gerne zur Brust nehmen.«

»Dabei kann ich dir vielleicht helfen.«

Jens erzählte, was sie inzwischen herausgefunden hatten und informierte Kommissar Willms auch über die ersten Ergebnisse der Spurensicherung.

»Wenn wir nun nachweisen könnten, dass die Spuren von der Hundeleine und die Hundehaare vom Romanescus Hund stammen, haben wir eine direkte Verbindung zu unserem Mordfall. Dann war nämlich zumindest sein Hund hier in Werne am möglichen Tatort. Eventuell können wir auch eine Gegenüberstellung arrangieren mit dem Jungen, den der Mann mit dem schwarzen Mercedes und dem osteuropäischen Akzent auf dem Weg zum Hundeplatz angesprochen hat. Das sind zwar im Augenblick alles noch Indizien, die für sich allein betrachtet für eine Mordanklage nicht ausreichen. Aber wir könnten ihn schon mal ein wenig nervös machen. Wenn der Staatsanwalt dann einer Observierung zustimmt und eventuell auch seine Telefone abhören lässt, bekommen wir vielleicht die letzten Beweise.«

»Ganz schön oft »vielleicht« und »eventuell« für meinen Geschmack. Aber du hast recht, wir müssen das auf jeden Fall versuchen. Schick mir die Laborberichte, damit ich sie dem Staatsanwalt vorlegen kann. Ich denke, den Durchsuchungsbeschluss vom Richter bekommen wir auf jeden Fall. Ich schicke euch dann die Proben zu und ihr vergleicht sie. Danach sehen wir weiter. Wenn ich die Observation nicht genehmigt bekomme, ordne ich auf jeden Fall verstärkte Streifenfahrten in der Umgebung der Villa an und bitte die Kollegen, die Augen offen zu halten.«

Jens Wischkamp bedankte sich und rief sofort noch einmal im Labor an, um die Faxnummer der Kripo in Bremerhaven durchzugeben. Jetzt konnte er erst einmal nur abwarten. Die Zeit nutzte er zu einem Gespräch mit seinem Dienststellenleiter. Er brachte ihn zunächst auf den neuesten Stand, was den Mordfall Weber anbelangt.

»Chef, besteht die Möglichkeit, dass ich nach Bremerhaven fahre, um an der Durchsuchung teilzunehmen? Dann könnte ich die Proben auch gleich mit nach Unna bringen.«

»Das ist nicht unsere Zuständigkeit, Jens, das weißt du doch. Ich kann das nur genehmigen, wenn die Kripo in Bremerhaven ausdrücklich um Amtshilfe ersucht. Das kann ich mir aber beim besten Willen nicht vorstellen. Das ist immer mit viel Papierkram verbunden. Aber du kannst es gern versuchen.«

Sofort griff Jens Wischkamp wieder zum Telefon. Willms meldete sich.

»So schnell sind wir hier im Norden aber nun nicht. Was kann ich denn noch für dich tun?«

Jens übermittelte seinen Wunsch, selbst nach Bremerhaven zu kommen. Sein Gesprächspartner stöhnte.

»Weißt du eigentlich, wie viele Formulare ich ausfüllen muss, damit ich das genehmigt bekomme? Wir haben doch bisher kaum etwas Handfestes, womit ich die Bitte begründen kann. Ganz ehrlich, Kollege, wir kriegen das auch alleine hin. Ich kann ja verstehen, dass du gerne dabei sein möchtest, aber wenn wir das offiziell machen, bekommst du den Entscheid frühestens nächste Woche, und so lange könnten wir dann auch gar nichts unternehmen. Hast du nicht noch ein paar Tage Urlaub?«

»Habe ich, wieso?«

»Du könntest doch rein zufällig einen alten Kollegen in Bremerhaven besuchen.«

»Ich habe aber keinen alten Kollegen in Bremerhaven.«

»Mensch, stell dich doch nicht so blöd an. Wir beide, wir haben uns doch schon vor Jahren bei einer Fortbildung kennengelernt, oder etwa nicht?«

Jetzt verstand Jens, worauf der andere hinauswollte.

»Ach ja, und weil ich gerade bei euch reinschneie, als ihr eine Durchsuchung machen wollt, nimmst du mich einfach mit. Kriegst du da keinen Ärger.«

»Solange nichts passiert, wo du involviert bist, ganz sicher nicht. Für meine Beamten hier lege ich beide Hände ins Feuer, die halten dicht. Aber wir wollen uns Romanescu morgen Vormittag vornehmen. Du solltest also früh hier sein. Ich mail dir die Wegbeschreibung.«

Jens legte auf, füllte einen Urlaubsantrag aus und ging damit wieder zu seinem Vorgesetzten.

»Ein Tag Urlaub, jetzt, mitten in der laufenden Ermittlung? Wie stellst du dir das denn vor?«

Jens erkannte, dass er seinem Chef reinen Wein einschenken musste, wozu er den Urlaubstag brauchte. Widerstrebend unterschrieb der daraufhin den Urlaubsantrag.

»Mensch, sei bloß vorsichtig und halt dich zurück. Sonst bringst du nicht nur die Kollegen in Bremerhaven, sondern auch uns hier in Teufels Küche.«

»Keine Sorge, Chef. Du kennst mich doch.«

Im Hinausgehen hörte er noch, wie der Dienststellenleier leise »eben« murmelte. Dann rief er seine Frau an und sagte ihr, dass er morgen in aller Frühe nach Bremerhaven fahren würde. Dass er dafür keine Spesen abrechnen konnte, war ihm herzlich egal. Jens war einfach nur gespannt darauf, ob sie in der Villa von Romanescu die Beweise finden würden, die sie brauchten. Und er wollte dem Mann ins Gesicht sehen, der imstande war, einen Hund als Folterwerkzeug zu missbrauchen.

***

Einige Jahre zuvor ...

Theodore Romanescu hieb mit der Faust auf die massive Mahagoniplatte seines Schreibtisches. »Niemand bricht bei mir ein und stiehlt mir mein Geld. Ihr werdet diesen Kerl finden. Egal, wie lange es dauert und egal, wie weit ihr dafür gehen müsst, ich will ihn vor mir haben. Ich will mein Geld zurück und danach, das schwöre ich, wird er niemals wieder irgendwo einbrechen. Und jetzt macht euch auf den Weg. So schwer kann er ja nicht zu finden sein, auch wenn die Bullen ihn bereits wieder frei gelassen haben.«

Romanescu sah die drei Männer an, die in seinem Büro standen. Finster sahen sie aus. Typen, denen man besser nicht begegnen wollte. Aber für einen Mann wie Romanescu waren sie genau die Helfer, die er jetzt brauchte. Sie kamen direkt aus Bukarest, sein Bruder hatte sie geschickt. Immer, wenn Theodore Hilfe brauchte, rief er zuerst seinen Bruder an. Der war ein hohes Tier in der rumänischen Unterwelt. Theodore war so etwas wie die deutsche Niederlassung der organisierten rumänischen Kriminalität. Er wusste, dass die Polizei ihn beobachtete. Aber er war viel zu schlau, um sich erwischen zu lassen. Die Geschäftsleute, die ihm sehr bereitwillig Geld für seinen Schutz bezahlten, würden ihn niemals anzeigen. Zu schnell verschwand jemand, ohne dass jemals wieder eine Spur von ihm gefunden wurde. Und genau dieses Geld hatte dieser Wicht ihm jetzt gestohlen. Nächste Woche hatte er damit nach Rumänien fahren wollen. Jetzt konnte er nicht einmal seinem Bruder dessen Anteil bezahlen. Mehr als 800.000 Euro hatten im Tresor gelegen und für diesen Kleinkriminellen schien der Tresor kein Problem gewesen zu sein. Er war jedenfalls mit dem Geld auf und davon. Der Polizei konnte Theodore das nicht sagen. Wie hätte er auch diese hohe Summe an Bargeld in seinem Haus erklären sollen? Aber er wollte es zurück, koste es, was es wolle.

Doch die Wochen und Monate gingen ins Land und nichts passierte. Zwar wusste Romanescu inzwischen, dass es Michael Weber gewesen war, der ihn um das Geld erleichtert hatte. Aber der schien wie vom Erdboden verschwunden zu sein. Vor ein paar Tagen hatte Romanescu gedacht, er hätte eine Chance, Weber zu finden. Mehr zufällig war einer seiner Männer auf Horst Walks gestoßen. Der hatte völlig besoffen in der Stammkneipe von Weber gehockt und ständig herumgebrabbelt, dass er den Weber umbringen würde. Sie hatten ihm ein paar Bier spendiert und Horst Walks hatte geredet wie ein Wasserfall. Einen Bruch habe er gemacht, gemeinsam mit Weber. Viel Geld sei dabei herausgesprungen, aber das hatte Weber versteckt. Nur ein paar Tausender hatte er ihm in die Hand gedrückt. Und dann war Weber auf einmal einfach weg gewesen.

»Ich bin ja kein Dummkopf. Ihr glaubt doch nicht etwa, dass ich ein Idiot bin, oder?«

Er wollte drohend aufstehen, fiel aber sofort wieder auf den Stuhl. Einer der Männer legte ihm die Hand auf die Schulter.

»Keiner denkt, dass du ein Idiot bist, Mann. Weißt du denn, wo der Weber das Geld versteckt hat?«

»Klar, da wollten wir uns doch treffen, wenn Gras über die Sache gewachsen ist. Aber nun war das Geld alle und ich dachte mir, was schadet es, wenn ich mir jetzt schon noch ein paar Tausender hole? Also bin ich hin. Aber das Geld ist weg. Weg, genau wie der Weber. Ich bringe den Kerl um, wenn ich ihn in die Finger kriege, das schwöre ich.«

Dann verfiel er wieder in unverständliches Gebrabbel. Romanescus Leute hakten ihn unter und schleppten ihn kurzerhand aus der Kneipe. Wenig später saß er angebunden auf einem Stuhl in der Villa des Rumänen. Es genügten ein paar leichte Ohrfeigen und er sagte ihnen genau, wo das Geldversteck gewesen war.

»Aber da ist nichts mehr, ehrlich.« Tränen liefen ihm übers Gesicht und Speichel rann aus seinen Mundwinkeln. Angewidert sah Romanescu den Mann an.

»Schafft ihn weg. Der kann uns nichts mehr sagen. Sorgt dafür, dass er auch keinem anderen was erzählt. Aber macht das woanders, ich will keine Schweinerei in meinem Haus.«

Dann verließ er den Keller. Er wusste, seine Männer würden den Ganoven verschwinden lassen, so, wie sie auch zahlungsunwillige Geschäftsleute beiseite räumten. Die Nordsee war groß. Bisher war noch keiner, der auf seine Anweisung hin die letzte Reise angetreten hatte, wieder aufgetaucht. Auch von Horst Walks würde man nie wieder etwas hören. Vermutlich würde ihn nicht einmal jemand vermissen. Auf jeden Fall würde es keine Spur zu ihm geben, dessen war sich Romanescu sicher. Gemeinsam mit einem seiner Männer war er zu dem Versteck außerhalb von Bremerhaven gefahren. Nicht deutete darauf hin, dass sich in dem Erdloch einmal 800.000 Euro befunden hatten. Weber war mit dem Geld weg, aber er würde ihn finden. Einen Theodore Romanescu bestahl man nicht. Weber sollte seine Strafe bekommen.

Sommer 2015

Jens Wischkamp und Johann Willms waren sich auf Anhieb sympathisch. Sie mochten etwa gleicht alt sein und waren beide verheiratet. Während Jens bereits Vater war, wartete Johann Willms ungeduldig auf die Geburt seines ersten Kindes. Ein Junge würde es werden und seine Frau und er, sie waren beide sehr aufgeregt.

»Genießt die letzten ruhigen Nächte, mein Lieber. Wenn das Baby erst mal da ist, ist es damit für eine Weile vorbei«, grinste Jens.

»Mag ja sein, aber für meine Frau sind die letzten Wochen doch recht beschwerlich. Und für mich auch. Ständig stehe ich auf dem Sprung. Mal sind es saure Gurken, die ich mitbringen soll, mal möchte sie spät abends noch ein Eis mit Sahne. Versteh einer die Frauen.«

»Kenn ich. Bei Silvie war das genauso. Und dann immer dieser Blick, dieser Seufzer und die Worte »du musst aber jetzt nicht meinetwegen noch mal raus, oder?«. Aber glaub mir, es ist das alles wert. Unsere kleine Anna ist ein richtiger Sonnenschein.«

»Und? Geschwisterchen geplant?«

»Geplant nicht, aber ich glaube, meine Frau hätte nichts dagegen. Mal sehen, was so passiert. Ich lass mich einfach überraschen. Wird nur problematisch mit dem Haus. Ich glaube einfach, für zwei Kinder ist es zu klein.«

»Das Problem habe ich nicht. Die Eltern meiner Frau haben einen Bauernhof. Im Augenblick bin ich dabei, die Scheune in ein Wohnhaus umzubauen. Wir wohnen noch im ersten Stock vom Bauernhaus, möchten aber gern etwas mehr für uns sein. Die Scheune wird nicht mehr gebraucht. Also werden wir über kurz oder lang dort einziehen.«

»Das ist bestimmt schön.«

»Und praktisch, mein Lieber. Die Großeltern sind gleich nebenan. Da hat man immer einen Babysitter parat.«

»Das Glück haben wir leider nicht. Unsere Eltern leben nicht mehr. Aber wir haben sehr engagierte Taufpaten. Die kommen immer gern, um auf Anna aufzupassen. Eigentlich nutzen wir das viel zu selten aus. Wir lieben es einfach, ruhig zuhause zu sein. Aber jetzt mal was anderes. Gibt es was Neues von Romanescu?«

»Nein. Rings um die Villa ist alles ruhig. Der hat keine Ahnung, was da gleich über ihn hereinbricht. Aber so ist es mir auch am liebsten.

Dann dauert es nämlich meist eine kleine Weile, bis sein Rechtsverdreher vor Ort ist.«

»Ja, mit einem ordentlichen Durchsuchungsbeschluss und der richterlichen Anordnung für die Speichel- und Haarprobe von seinem Hund müssen wir den ja auch nicht fürchten. Wir wollen ja nur alle Hundeleinen sehen und die Proben nehmen.«

»Das ist schon richtig. Aber der Durchsuchungsbeschluss gestattet es uns ja, uns im gesamten Haus umzusehen. Wer weiß, vielleicht finden wir ja noch weitere Hinweise oder Belege dafür, dass er sein Geld nicht mit legalen Mitteln verdient und es nicht einfach nur geerbt hat. Ich würde den Kerl zu gerne hinter Schloss und Riegel sehen. Ich bin sicher, der ist nicht sauber. Aber – wie schon gesagt – bisher konnten wir ihm einfach nichts nachweisen.«

Wenig später saß Jens im Auto von Kommissar Willms. Drei Streifenwagen und ein Bus der Spurensicherung fuhren im Konvoi hinter den Zivilbeamten her.

»Jens, du musst dich ein wenig zurückhalten. Ich muss Romanescu fragen, ob er dir Zutritt gewährt. Wenn ich dich einfach so mit reinnehme und der kriegt spitz, dass du dazu gar nicht berechtigt bist, kann ein guter Anwalt die ganze Durchsuchung und alle sicher gestellten Beweise für null und nichtig erklären. Ich versuche mein Bestes, aber wenn es nicht funktioniert, musst du draußen auf uns warten.«

Jens nickte. Er wollte dem Kollegen ja keine Schwierigkeiten machen. Es kam einzig und allein auf das Ergebnis an, und Johann Willms schien genau zu wissen, was er tat.

Die Fahrt an den Stadtrand von Bremerhaven dauerte knapp zwanzig Minuten. Johann Willms klingelte an dem schmiedeeisernen Tor, dass die Zufahrt verschloss. Eine männliche Stimme fragte etwas mürrisch durch die Sprechanlage:

»Wer ist da?«

»Schönen guten Tag, hier ist die Kriminalpolizei. Ich bin Kommissar Willms, mit mir im Auto sitzt Kommissar Wischkamp und die Fahrzeuge hinter uns sind zu unserer Unterstützung da. Ist Herr Romanescu im Haus? Wir haben nämlich einen richterlichen Durchsuchungsbeschluss für seine Villa.«

Es blieb eine Weile still, nur im Hintergrund hörte man leises unverständliches Flüstern. Dann ging kommentarlos das Tor auf und die

Polizeiwagen konnten ungehindert bis vor den Villeneingang fahren. Johann Willms stieg aus.

An der Tür begrüßte ihn Theodore Romanescu jovial lächelnd.

»Guten Tag, Herr Kommissar. Was kann ich denn für Sie tun? Und wieso Durchsuchungsbeschluss? Ich bin doch ein ehrbarer Bürger, der sich nichts zuschulden kommen lässt. Wenn Sie sich in meinem Haus gern einmal umsehen möchten, benötigen Sie doch keinen Beschluss von einem Richter. Kommen Sie doch einfach herein, bitte.«

»Das ist sehr freundlich von Ihnen, Herr Romanescu. Dann haben Sie sicher auch nichts dagegen, wenn Kollege Wischkamp mich begleitet? Er ist nämlich eigentlich in Bremerhaven nicht zuständig, besucht mich aber gerade.«

»Nein, natürlich nicht. Bringen Sie Ihren Kollegen ruhig mit. Vielleicht kann ich Ihnen ja etwas anbieten?«

»Nein, vielen Dank, wir sind im Dienst. Ich weise nur eben die Beamten ein, dann können wir uns vielleicht kurz unterhalten?«

Romanescu lächelte noch immer und nickte. Er schien sich wirklich keiner Schuld bewusst zu sein. Johann Willms schickte die uniformierten Beamten in die einzelnen Räume. Die Spurensicherung musste noch warten, bis Hundeleinen gefunden worden waren und Romanescu seinen Hund vorgeführt hatte. Dann betraten Johann Willms und Jens Wischkamp das Haus. Der großzügige Eingangsbereich war mit hellen Marmorfliesen ausgelegt. Überall standen Säulen mit Blumentöpfen und Vasen und an den Wänden hingen teuer aussehende Gemälde und Wandteppiche. Fast kam man sich vor wie in einer Kunstgalerie.

»Sollte ich meinen Anwalt anrufen?«, fragte Theodore Romanescu.

»Das ist Ihnen unbenommen. Aber wir können uns ja auch erst einmal ganz unverbindlich unterhalten. Sie besitzen einen Hund, Herr Romanescu?«

»Woher wissen Sie das? Ja, ich habe einen Staffordshire Terrier. Er befindet sich draußen im Zwinger. Er mag Fremde nicht sehr gern und reagiert deshalb sicher aggressiv auf Sie und ihre Beamten. Ich würde ihn also lieber draußen lassen. Aber ich kann Ihnen natürlich gern seine Papiere zeigen. Er ist ordnungsgemäß angemeldet, ich zahle pünktlich meine Hundesteuer und wenn ich mit ihm in die Öffentlichkeit gehe, ist er immer angeleint und trägt einen Maulkorb.«

»Das glaube ich Ihnen unbesehen, Herr Romanescu. Aber damit sind wir auch schon gleich beim Thema. Wo bewahren Sie denn Ihre Hundeleinen auf?«

Der Rumäne sah den Kommissar irritiert an.

»Meine Hundeleinen? Wieso wollen Sie das denn wissen?«

»Herr Romanescu, so schwierig ist die Frage doch sicher nicht zu beantworten. Ich habe Ihnen eine Kopie des richterlichen Beschlusses übergeben, nachdem Sie verpflichtet sind, mir jede Hundeleine zu zeigen, die sich in Ihrem Besitz befindet.«

Der Rumäne zuckte mit den Schultern, drehte sich um und gab einem im Hintergrund wartenden Mann, der aussah wie ein Türsteher in einer drittklassigen Disco, die Anweisung, die Leinen des Hundes einzusammeln und zu bringen. Willms winkte derweil die Kollegen der Spurensicherung herbei und flüsterte ihnen kurz etwas zu. Nach knapp fünf Minuten kam der Mann wieder und hielt fünf unterschiedlich lange Leinen in der Hand. Drei konnte Willms sofort aussortieren, weil es sich um Nylonleinen handelte. Die anderen beiden waren aus hochwertigem weichen Leder, eine braun und die andere schwarz. Willms deutete auf die schwarze Leine und die Spurensicherung tütete die Leine ein.

»Diese nehmen wir mit, Herr Romanescu. Wir müssen Vergleichsproben nehmen. Gibt es noch andere schwarze Lederleinen in Ihrem Haus oder am Hundezwinger?«

»Nein, sie haben jetzt alle Leinen gesehen«, erwiderte der Rumäne, und seine Stimme klang schon nicht mehr so freundlich wie zu Beginn des Gesprächs. Johann Willms drückte dem verdutzten Mann einen weiteren amtlichen Beschluss in die Hand.

»Wie Sie sehen können, Herr Romanescu, sind Sie verpflichtet, uns sowohl eine Speichelprobe als auch ein paar Haare Ihres Hundes zu überlassen. Es wäre hilfreich, wenn Sie uns dabei unterstützen würden. Legen Sie dem Hund bitte vorher einen Maulkorb an, dann zeigen die Kollegen Ihnen, wie Sie die Proben entnehmen können.«

»Ich glaube, jetzt rufe ich wohl doch lieber meinen Anwalt an. Vorher werde ich Ihnen nämlich gar nichts von meinem Hund geben.«

»Sie können gern Ihren Anwalt anrufen. Aber wir müssen keinesfalls warten, bis der Mann hier auftaucht. Entweder Sie assistieren uns freiwillig beim Entnehmen der Proben, dann kann der Hund zunächst hierbleiben. Oder wir beschlagnahmen den Hund und lassen Proben durch einen amtlichen Veterinärmediziner entnehmen. In diesem Fall würde der Hund zunächst ins städtische Tierheim überstellt und verbleibt dort, bis alle offenen Fragen geklärt sind.«

»Ja aber, was für Fragen denn. Was soll mein Hund denn verbrochen haben?«

»Nun, Herr Romanescu, nicht nur Ihr Hund, sondern auch Sie stehen im dringenden Verdacht, nach Werne an der Lippe gefahren zu sein und einen Menschen zuerst schwer verletzt und anschließend getötet zu haben. Ich denke, wir werden Sie mitnehmen ins Kommissariat und dort alle weiteren Fragen klären. Ich will von Ihnen jetzt nur noch eines wissen: Werden Sie uns helfen, die Proben von Ihrem Hund zu nehmen, oder soll ich das amtliche Verfahren in Gang setzen?«

Romanescu war blass geworden. Mit allem hatte er gerechnet, aber nicht damit. Wie konnte die Kripo in Bremerhaven wissen, dass er in Werne gewesen war. Dann fiel sein Blick auf den zweiten Kommissar, der ihn die ganze Zeit nicht aus den Augen gelassen hatte.

»Sie sind aus Werne, oder? Dann ist die ganze Durchsuchung hier doch ohnehin nichts wert. Sie dürften überhaupt nicht hier ermitteln.«

Johann Willms winkte ab, als Jens etwas sagen wollte.

»Herr Romanescu, ich habe mir Ihr Einverständnis geholt, dass Kommissar Wischkamp mich in Ihr Haus begleiten darf. Ermitteln tut er hier gar nicht. Er steht, und das konnten Sie selbst die ganze Zeit beobachten, einfach nur da und wartet ab, bis ich mit meiner Arbeit fertig bin. Er sagt kein Wort, er tut nichts, also beeinträchtigt er auch die Ermittlungen in keiner Weise. Sie sollten eben in Zukunft etwas vorsichtiger sein, wem Sie Zutritt zu Ihrem Haus gewähren. Es stimmt, Kommissar Wischkamp ist aus Werne und ermittelt dort im Mordfall Michael Weber. Sagt Ihnen der Name etwas?«

Ein nervöses Zucken ging durch das Gesicht des Rumänen. Hatte er irgendetwas übersehen? Konnte man ihn und seinen Hund wirklich mit dem Mord in Zusammenhang bringen? Das konnte er sich nicht vorstellen. Er war doch immer so vorsichtig. Niemand kannte ihn dort, niemand hatte ihn gesehen. Sie würden ihm rein gar nichts beweisen können. Er entspannte sich wieder ein wenig, sah Johann Willms mit einem stechenden Blick an und sagte:

»Ich werde von jetzt an nichts mehr ohne meinen Anwalt sagen. Sie können mich gern mitnehmen, ich bin in null Komma nichts wieder zuhause. Und was den Hund anbelangt, nein, ich werde Ihnen nicht helfen. Tun Sie, was Sie tun müssen. Ich wünsche schon mal viel Vergnügen dabei, das Tier aus dem Zwinger zu holen. Er beißt nämlich erst und fragt dann.«

Willms grinste.

»Das ist für uns gar kein Problem, Herr Romanescu.«

Er griff zum Telefon.

»Ja, bringt die Betäubungspfeile mit, der Hund ist aggressiv und bissig. Wir entnehmen die Proben und dann kommt er erst mal ins Tierheim, bis entschieden ist, ob er eingeschläfert werden muss.«

Jetzt riss Theodore Romanescu endgültig die Geduld.

»Eingeschläfert? Ja, sind Sie denn von allen guten Geistern verlassen? Wissen Sie, was so ein reinrassiger Hund kostet und wie viel ich in seine Ausbildung investiert habe?«

»Tut mir leid, Herr Romanescu, aber wenn sich herausstellen sollte, dass ihr Hund an dem Verbrechen in Werne beteiligt war, droht ihm genau das. Sie haben aus ihm ganz offensichtlich eine Kampfmaschine gemacht. Solche Tiere sind in der Regel nicht mehr zu resozialisieren. Aber das wird im Einzelfall natürlich ganz genau von Experten geprüft, bevor ein Richter die Anordnung zur Einschläferung eines Hundes unterschreibt. Wir fahren jetzt ins Kommissariat. Meine Beamten bleiben noch hier, bis der Tierarzt eingetroffen ist, der Ihren Hund dann betäubt, die Proben entnimmt und ihn anschließend im Tierheim unter Quarantäne stellt. Über alles Weitere reden wir dann gleich in meinem Büro.«

Ehe Theodore Romanescu sich versah, stand ein uniformierter Beamter hinter ihm und führte ihn nach draußen. Er wollte sich wehren, aber Willms legte ihm sofort die Hand auf die Schulter.

»Überlegen Sie sich genau, ob Sie Widerstand leisten wollen, Herr Romanescu. Bis jetzt ist alles relativ friedlich abgelaufen. Wir nehmen Sie zu einer Vernehmung mit ins Kommissariat und Sie können sich dort mit Ihrem Anwalt beraten. Wir haben das Recht, Sie für mindestens 24 Stunden festzuhalten, ohne Sie dem Haftrichter vorzuführen. Bis dahin sollten wir die Testergebnisse Ihres Hundes vorliegen haben und dann erfahren Sie alles Weitere. Wenn Sie nicht kooperativ sind, werde ich Sie jetzt vorläufig festnehmen und in Handschellen abführen lassen. Also, kommen Sie freiwillig mit?«

Romanescu nickte. Zu seinem Angestellten gewandt, sagte er:

»Ruf Dr. Bergmann an, er soll zur Kripo kommen. Und er soll sich beeilen. Ich habe noch etwas vor heute. Und dann informiere meinen Bruder, über das, was hier gerade passiert ist. Er sagt dir dann, was du tun sollst.«

Dann verließ er, gefolgt von Johann Willms und Jens Wischkamp, sein Haus und stieg in das wartende Auto. Aber so ruhig, wie er sich gab, war er nicht. In ihm arbeitete es fieberhaft. Er hatte nicht gewusst, dass man bei Hunden die DNA genauso leicht bestimmen konnte wie bei einem Menschen. Das bedeutete, sie konnten zumindest den Hund überführen. Noch hatte sie keine Beweise dafür, dass er tatsächlich auch in Werne gewesen war. Aber welcher Richter würde glauben, dass jemand anderer mit seinem Hund ein solches Verbrechen begehen konnte? Er musste also etwas unternehmen, bevor aus dem Verdacht ein echter Beweis geworden war. Er wusste, dass er mit seinem Anwalt allein sprechen durfte. Bergmann musste es schaffen, dass er zunächst noch einmal nach Hause durfte. Seinem Bruder Vitali würde schon etwas einfallen, wie er spurlos aus Deutschland verschwinden konnte. Das Geld musste er jetzt wohl endgültig abschreiben. Wie sollte er es auch finden, der Kerl hatte ja nichts gesagt. Er hatte immer wieder nur nach Betty gerufen, wohl seine Freundin. Aber die hatte ihm auch nicht helfen können. Obwohl, vielleicht hatte er das Geld ja bei seiner Freundin gebunkert. Dass er darauf nicht schon früher gekommen war. Bergmann musste herausfinden, wer diese Betty war und wo sie wohnte. Dann konnten seine Leute das Geld vielleicht immer noch zurückholen und ihm nach Rumänien bringen. Dort konnte er zwar auch nicht lange bleiben, aber Auslieferungsanträge dauerten ja eine Weile und sie mussten ihn schließlich auch erst einmal finden. Romanescu beruhigte sich langsam. Er musste jetzt nur aufpassen, dass ihm nicht noch mehr Fehler unterliefen. Alles andere war nebensächlich.

***

Jens Wischkamp stand hinter der verspiegelten Scheibe des Vernehmungszimmers, während Johann Willms gegenüber von Theodore Romanescu am Tisch Platz nahm. Die Mikrofone waren eingeschaltet, sodass Jens jedes Wort verstehen konnte, das im Raum gesprochen wurde. In diesem Augenblick ging ein grauhaariger Mann an ihm vorbei und klopfte an die Tür, bevor er das Vernehmungszimmer betrat. Er reichte Willms seine Visitenkarte.

»Dr. Klaus Bergmann, ich bin der Anwalt von Herrn Romanescu. Ich möchte gerne mit meinem Mandanten unter vier Augen sprechen.«

Johann Willms nickte, schaltete das Mikrofon aus, verließ den Raum und stellte sich neben Jens Wischkamp.

»Ich würde eine Menge dafür geben, wenn ich hören könnte, worüber die Beiden da drin sprechen.«

Jens grinste.

»Geht mir nicht anders, aber seine Rechte dürfen wir nun einmal nicht verletzen. Wie lange braucht euer Labor für die Proben des Hundes?«

»Ich denke, erste Ergebnisse werden wir morgen früh bekommen. Bis dahin kann ich ihn aber nicht festhalten. Wir haben keine stichhaltigen Beweise. Er wird gleich mit seinem Anwalt hier hinausspazieren. Ich habe aber bereits eine Observation genehmigt bekommen. Durch die Lappen geht der uns vorläufig nicht. Er erhält die Anweisung, dass er die Stadt nicht verlassen darf. Tut er es doch, kann ich ihn sofort wieder festnehmen.«

Es kam genauso, wie Johann Willms es vorhergesagt hatte. Dr. Bergmann lächelte dem Kommissar ins Gesicht.

»Sie haben derzeit nichts gegen meinen Mandanten in der Hand. Wir werden deshalb jetzt gehen. Zur Sache wird sich Herr Romanescu nicht äußern.«

Dann nickte er seinem Mandanten zu, der sich grinsend erhob. Johann Willms nickte.

»Eines noch, Herr Romanescu. Sie dürfen Bremerhaven nicht verlassen, solange die Proben von Ihrem Hund nicht ausgewertet sind. Ihr Anwalt wird Ihnen bestätigen, dass ich Sie sofort wieder festnehmen kann, wenn Sie über die Stadtgrenze hinaus sind. Ich denke, wir sehen uns ohnehin morgen früh.«

Dann verließ er das Vernehmungszimmer, schlug Jens auf die Schulter und meinte:

»Du kannst jetzt hier nichts mehr machen. Fahr zurück, bevor der Feierabendverkehr so richtig losgeht. Ich maile euch die Ergebnisse, sobald sie mir vorliegen.«

»Wenn es eine Übereinstimmung gibt, werde ich die Überführung von Romanescu nach Unna beantragen. Was auch immer ihr gegen ihn in der Hand habt, bei uns geht es um Mord.«

»Klar, und ich bringe ihn selbst. Die Vernehmung will ich mir auf keinen Fall entgehen lassen.«

»Schön, dann sehen wir uns ja hoffentlich schon morgen oder übermorgen wieder. Machs gut, Kollege.«

Jens Wischkamp ging zu seinem Auto, um sich auf den Heimweg zu machen. Er war ungeduldig. Für ihn stand Theodore Romanescu als Mörder von Michael Weber alias Peer Wessels inzwischen fest. Und mit den Untersuchungsergebnissen seines Hundes würde er dafür auch unwiderlegbare Beweise in der Hand haben. Schade nur, dass das Tier dann von Amts wegen eingeschläfert werden musste. Aber ein ausgebildeter Kampfhund war einfach eine Waffe, die Menschenleben gefährdete. Hoffentlich gelang es irgendwann, diesen gewissenlosen Menschen, die Hunde zu Beißmaschinen machten, das Handwerk zu legen.

***

Theodore Romanescu betrat seine Villa. Er wusste, es wurde eng für ihn. Er rechnete fest damit, dass die Polizei ihn mit Sicherheit engmaschig überwachte. Leicht würde es nicht werden, ungesehen hier zu verschwinden. Er rief seinen Bruder an.

»Vitali, ich muss hier weg, und zwar sofort. Aber ich werde rund um die Uhr von den Bullen überwacht. Lass dir was einfallen.«

»Du und deine seltsamen Rachepläne. Hättest du das Geld einfach abgeschrieben, würdest du jetzt nicht so in der Scheiße stecken. Ich habe dir gleich gesagt, es ist eine blöde Idee, nach dem Kerl zu suchen.«

»Du spinnst ja wohl. Es geht um über 800.000 Euro. Das ist fast eine Million. Das schreibt man nicht einfach so ab.«

»Eine Million mehr oder weniger, das berührt uns doch gar nicht. Ich denke da in anderen Dimensionen. Wenn du wenigstens einen Unfall inszeniert hättest. Aber nein, du musstest den Kerl ja noch foltern und dafür deinen Hund verwenden. Genau damit haben sie dich jetzt am Kragen. Hättest du wenigstens das Vieh direkt entsorgt.«

»Du hast ja recht, ich habe einen Fehler gemacht. Aber das Geld habe ich noch immer nicht abgeschrieben. Mir ist nämlich etwas aufgefallen, dem ich bisher keine Bedeutung beigemessen habe. Der Kerl hat immer wieder den Namen Betty geschrien. Ich dachte, er ruft einfach nach seiner Frau. Jetzt bin ich mir ziemlich sicher, dass er mir damit sagen wollte, er habe das Geld bei dieser Frau versteckt. Schick ein paar Leute nach Werne. Lass sie herausfinden, wer diese Betty ist und dann sollen sie unser Geld holen. Und jetzt sag mir, wie ich aus Bremerhaven rauskomme, ohne dass die Bullen was mitkriegen.«

»Gib mir ein paar Stunden Zeit, ich organisiere was. Und um diese Betty werde ich mich auch kümmern. Wenn du dann hier bist, werden wir ein paar grundlegende Dinge klären müssen, lieber Bruder. Ich lasse es auf gar keinen Fall zu, dass du uns noch einmal in solche Schwierigkeiten bringst. Das ist dir hoffentlich klar.«

Theodore Romanescu zog den Kopf etwas ein. Die Stimme seines Bruders hatte scharf und schneidend geklungen. Vitali war der Ältere von ihnen beiden und er hatte das Sagen, was die Familiengeschäfte anbelangte. Theodore fürchtete, dass es mit seinem freien und sorglosen Leben wohl erst einmal vorbei sein dürfte. Vitali ließ ihn mit Sicherheit eine ganze Weile nicht mehr aus den Augen. Aber das war immer noch besser, als in einem deutschen Gefängnis zu sitzen. Seinen Bruder würde er irgendwann schon wieder besänftigen. Das war ihm bisher immer gelungen und Fehler hatte Theodore Romanescu schon eine ganze Menge begangen in seinem Leben. Aber Vitali hatte das immer wieder ausgebügelt und das würde er auch jetzt wieder tun. Die Familie ging schließlich über alles. Er goss sich einen Cognac ein und betrachtete nachdenklich die braune Flüssigkeit in dem Kristallglas. Er war nicht wild darauf, wieder in Rumänien zu leben. Deutschland hatte ihm eigentlich ganz gut gefallen. Vielleicht konnte er Vitali dazu überreden, ihn nach Südamerika gehen zu lassen. Da gab es eine Menge Länder, die nicht auslieferten. Er lehnte sich zurück und schloss die Augen.

***

In der rumänischen Stadt Galati stand Vitali Romanescu am Fenster seiner Villa, die auf einer Anhöhe am Stadtrand lag. Er hatte einen wunderbaren Ausblick auf den Zusammenfluss der beiden Flüsse Donau und Sereth. Galati verfügte über den bedeutendsten Binnenhafen in Rumänien. Außerdem gab es einen großen Personen- und Güterbahnhof. Offiziell war Vitali Romanescu im Transportgeschäft tätig. Besonders intensiv waren seine Beziehungen zur Ukraine. Von Kiew aus führte eine direkte Güterbahnlinie nach Galati. Er hielt es nicht für klug, seinen Bruder direkt von Deutschland nach Rumänien zu holen. Der Umweg über die Ukraine und die Fahrt in einem Güterwagen würden seine Spuren besser verwischen. Er drehte sich zu seinem Schreibtisch um und griff zum Telefon. Es gab eine Menge zu organisieren, wenn er Theodore unbemerkt aus Bremerhaven fortschaffen wollte. Er hatte keine Ahnung, wie viel Zeit ihm dazu blieb, aber für ein oder zwei Tage würde sein Bruder es wohl noch in Deutschland aushalten müssen. Doch Vitali hatte nicht mit der Schnelligkeit der deutschen Ermittlungsbehörden gerechnet. Schon einen tag später spitzten sich die Dinge in Deutschland zu.

***

Als Jens Wischkamp am nächsten Morgen sein Büro in Unna betrat, war die E-Mail aus Bremerhaven schon da. Sofort rief er die Gerichtsmedizin in Dortmund an.

»Doc, ich schicke euch eine E-Mail weiter. Bitte vergleiche die Untersuchungsergebnisse der Kriminaltechnik aus Bremerhaven mit den Proben, die du von dem angreifenden Hund im Mordfall Weber genommen hast. Wenn sie übereinstimmen, haben wir unseren Täter und ich kann gleich die Festnahme organisieren.«

»In Ordnung, Jens. Ich rufe dich gleich zurück.«

Schon wenige Minute später bekam Kommissar Wischkamp die Bestätigung, auf die er so sehnsüchtig gewartet hatte. Er bedankte sich bei Dr. Leinemann, dem leitenden Pathologen und rief Johann Willms in Bremerhaven an.

»Feuer frei, Kollege. Ihr könnt euch den Kerl holen, die Proben stimmen überein. Sein Hund war eindeutig das Folter- und Mordwerkzeug. Ich beantrage jetzt gleich die Überstellung nach Unna und bereite alles für die Gegenüberstellung vor, die ihm dann wohl endgültig das Genick brechen wird. Aber ich denke, selbst ohne die Gegenüberstellung sind die Beweise eindeutig genug, um einen Haftrichter zu überzeugen. Bringen wir also die Formalitäten hinter uns und sorgen dafür, dass der Kerl bekommt, was er verdient. Den amtlichen Beschluss zur Einschläferung des Hundes beantrage ich ebenfalls und schicke ihn dir dann zu. Dann kann das im Tierheim möglichst schnell erledigt werden. Dieses Tier ist lange genug gequält worden, es hat sich seine Ruhe verdient.«

In Bremerhaven stellte Kommissar Willms sofort ein Team zusammen für die Festnahme von Theodore Romanescu. Er rief kurz die observierenden Beamten an, die vor der Villa Wache hielten.

»Na, was macht unser Rumäne?«

»Er hat das Haus bisher nicht verlassen. Allerdings kommen erstaunlich viele Besucher. Sieht fast so aus, als wolle der Kerl eine Party feiern.«

»Haltet bloß die Augen offen. Nicht, dass er euch durch die Lappen geht. Ich hole mir jetzt den Haftbefehl vom Staatsanwalt und bin dann hoffentlich in einer knappen Stunde vor Ort, um ihn zu kassieren.«

Die Beamten versprachen, besonders aufmerksam zu sein. Johann Willms beorderte Verstärkung zur Villa von Romanescu, um die Observation wirklich lückenlos zu gestalten. Nicht auszudenken, wenn ihnen dieser Verbrecher jetzt noch entwischen würde.

Im Inneren der Villa saß Theodore Romanescu in einem bequemen Sessel und schaute die beiden Männer, die vor ihm standen, interessiert an.

»Pass auf, Theodore. Vitali hat einen sehr guten Plan. Wir werden dich ungesehen hier rausschmuggeln. Dann fahren wir Richtung Osten. Vitali hat eine genaue Route festgelegt, wie wir bis in die Ukraine kommen. Das wird ein paar Tage dauern und auch einige Veränderungen notwendig machen. Aber wir haben alles dabei, was du dafür brauchst. In Kiew wirst du in einen Container verfrachtet, den Vitali dir ein wenig wohnlich herrichten und mit Verpflegung ausstatten lässt. Dieser Container wird mit dem Zug nach Gatali transportiert. Dort wartet Vitali auf dich.«

»Ihr wisst aber schon, dass Rumänien mich ausliefern würde, wenn sie mich kriegen?«

»Keine Sorge, Vitali hat an alles gedacht. Du gehst sofort an Bord eines seiner Schiffe. Welches Endziel deine Reise haben wird, weiß ich nicht. Aber darüber wird Vitali dich beizeiten informieren. Jetzt sollten wir mit den Vorbereitungen anfangen. Heute Nacht geht es los.«

Theodore Romanescu war beruhigt. Auf seinen Bruder war eben Verlass. Klar, Vitali war sauer, dass er wieder mal in Schwierigkeiten geraten war. Aber er würde das regeln und vielleicht ging es ja wirklich nach Südamerika. Hoffentlich kriegten Vitalis Leute auch noch das Geld. Mit fast einer Million Startkapital konnte er gut ein paar Jahre überleben. Bis dahin würde Theodore in jedem Land auf der Welt neue Einnahmequellen finden. Als es an seiner Tür klingelte, ging er ahnungslos selbst nach vorn, um zu öffnen.

Johann Willms grinste den Rumänen an.

»So schnell sieht man sich wieder, Herr Romanescu.«

Theodore konnte nichts erwidern. Ihm war plötzlich gar nicht mehr so wohl wie noch vor ein paar Augenblicken. Die beiden uniformierten Beamten, die Kommissar Willms assistierten, legten ihm mit einer gekonnten Bewegung Handschellen an. Johann Willms rasselte den gewohnten Spruch herunter.

»Theodore Romanescu, ich verhafte Sie wegen des dringenden Verdachtes der Ermordung von Michael Weber. Sie haben das Recht zu schweigen. Alles, was Sie sagen, kann und wird vor Gericht gegen Sie verwendet werden. Sie haben das Recht auf einen Anwalt. Wenn Sie sich keinen Anwalt leisten können, wird Ihnen von Gerichts wegen ein Pflichtverteidiger gestellt. Bitte folgen Sie mir jetzt.«

Romanescu drehte sich um und rief nach drinnen:

»Dr. Bergmann soll sofort auf die Polizeiwache kommen. Und ruft Vitali an. Er muss etwas unternehmen.«

Dann ging er, ohne Widerstand zu leisten, mit. Er würde rein gar nichts sagen. Sie konnten nicht genug Beweise gegen ihn haben, um ihn des Mordes zu überführen. Selbst wenn sie den Hund einwandfrei bestimmen konnten, musste das ja nicht heißen, dass er mit der Angelegenheit etwas zu tun hatte. Er würde seinen Anwalt bitten, mit Vitali zu sprechen. Sie mussten einen seiner Männer über die Klinge springen lassen. Vitali sollte das entscheiden. Noch machte Romanescu sich keine allzu großen Sorgen, obwohl er das sicher besser getan hätte.

***

»Mutsch, kannst du mal kommen?«

Elisabeth Hahnemann lächelte. Es war lange her, dass Tobias diesen Kosenamen für sie gebraucht hatte. Sie ging die Kellertreppe hinunter. Tobias stand in dem Kellerraum, den Peer für sich beansprucht hatte.

»Schau dir diesen ganzen Krempel an. Ich finde, wir sollten das entrümpeln. Was meinst du?«

Elisabeth zuckte mit den Achseln.

»Ich weiß ja nicht einmal, was das alles ist. Er hat diesen Keller immer abgeschlossen. Ja, du hast sicher recht. Wir sollten sehen, dass wir das Zeug loswerden. Den Raum könnten wir auch anders nutzen.«

»Gut, dann fange ich mal an, aufzuräumen. Was nichts wert ist, können wir nach und nach zum Wertstoffhof fahren. Wenn was Brauchbares dabei ist, setze ich das ins Internet und versuche, es zu verkaufen.«

»Dürfen wir das denn so einfach?«

»Wer sollte uns das verbieten. Der Kerl hat den Krempel hier angeschleppt und jetzt ist er tot. Verwandte scheint er nicht gehabt zu haben, also gehört das jetzt dir. Es ist schließlich in deinem Keller.«

Für Tobias war das eine ganz einfache Angelegenheit. Elisabeth war sich zwar nicht ganz so sicher, ob das rechtlich wirklich einwandfrei war. Andersherum, wer sollte schon wissen, dass der Mann, der sich Peer Wessels genannt hatte, noch Sachen in ihrem Keller hatte. Auch sie wollte so schnell wie möglich alle Erinnerungen an ihn aus ihrem Haus verbannen. Für die Entsorgung seiner Kleidung hatte sie sich das Einverständnis der Polizei geholt. Das galt dann sicher auch für die anderen Dinge, die er in ihrem Keller gelagert hatte.

»Krass«, rief Tobias plötzlich.

Elisabeth drehte sich um und sah, wie er einen großen und offensichtlich recht schweren Koffer unter einem Regal hervorgezogen und geöffnet hatte.

»Was ist das denn?«

»Keine Ahnung, Mutsch. Obendrauf liegen Werkzeuge, die sind ganz schön schwer. Hier ist was in Stoff eingewickelt, warte ich schau mal nach.«

Vorsichtig wickelte Tobias das Päckchen aus und trat dann erschrocken einen Schritt zurück.

»Das ist eine Waffe. Der Kerl hatte tatsächlich eine Knarre samt Munition in unserem Haus versteckt. Wer weiß, vielleicht wollte der uns irgendwann um die Ecke bringen.«

Elisabeth war blass geworden. Dann griff sie Tobias Arm.

»Komm sofort raus hier. Ich rufe jetzt die Polizei an, die sollen jemanden vorbeischicken. Ich will nicht, dass du noch weiter hier herumwühlst. Wer weiß, was da noch alles verborgen liegt. Schließ die Tür wieder ab und komm mit rauf.«

Tobias hätte zwar gern gesehen, was sonst noch in dem Koffer war, aber seine Mutter schüttelte energisch den Kopf.

»Das soll sich die Polizei ansehen. Vielleicht würden wir uns strafbar machen, wenn wir diese Sachen nicht melden. Komm jetzt.«

Im Wohnzimmer angekommen suchte Elisabeth nach der Visitenkarte von Jens Wischkamp und wählte dessen Handynummer.

»Hallo, Herr Kommissar. Hier spricht Elisabeth Hahnemann. Sie erinnern sich sicher? Gut. Mein Sohn und ich, wir wollten den Keller aufräumen, in dem Peer, ich meine, in dem Herr Weber noch einige Sachen gelagert hatte. Dabei ist uns eine Waffe in die Hände gefallen. Könnten Sie bitte vorbeikommen und sich das ansehen? Ja, wir sind jetzt zuhause. Vielen Dank.«

Jens Wischkamp beendete das Gespräch ein wenig nachdenklich. Warum war eigentlich niemand auf die Idee gekommen, im Keller der Hahnemanns nachzuschauen, ob dort noch Sachen von Michael Weber versteckt lagen? Andersherum gab es dazu ja auch keine Veranlassung, denn Weber war das Opfer gewesen. Er würde sich das Ganze mal ansehen und dann entscheiden, ob die Spurensicherung gebraucht wurde.

Wenig später klingelte Jens Wischkamp an der Haustür der Hahnemanns. Elisabeth öffnete ihm. Aus Tobias Zimmer kam Elvis angerannt und begrüßte den Kommissar stürmisch.

»Na, der erinnert sich ja noch gut an mich«, sagte Jens und streichelte den Hund.

»Bei der Gelegenheit, Frau Hahnemann. Es ist uns gelungen, den wahrscheinlichen Mörder Ihres ehemaligen Lebensgefährten festzunehmen. Zumindest ist sicher, dass es sein Hund gewesen ist, der die Bissspuren verursacht hat. Ich würde Tobias in den nächsten Tagen gern zu einer Gegenüberstellung nach Unna einbestellen. Vielleicht erkennt er in dem Verdächtigen ja den Mann, der ihn damals aus dem Auto heraus angesprochen hat.«

Tobias war inzwischen hinzugekommen.

»Eine Gegenüberstellung, so wie in den Krimis im Fernsehen? Cool, das mache ich gerne.«

Jens lächelte. Manchmal war dieser Junge, der oft so erwachsen tat, noch ein richtiges Kind.

»Dann zeigen Sie mir jetzt mal den Keller, um den es geht.«

Elisabeth Hahnemann und Jens Wischkamp standen gerade vor der Kellertür, als Tobias die Treppe herunterrannte.

»Herr Kommissar, oben schleicht jemand um unser Haus.«

»Bist du sicher?«

»Ja, ganz sicher. Mir war gerade die Fernbedienung vom Fernseher runtergefallen. Deshalb habe ich auf der Erde gehockt. Es sind zwei Männer in dunklen Anzügen. Der Eine hat durch die Terrassentür geschaut, konnte mich aber offensichtlich nicht sehen. Der andere ist zur Kellertreppe runtergegangen. Mutsch, ist die Kellertür abgeschlossen?«

Elisabeth nickte. Sie war ganz blass geworden. Jens hatte bereits sein Handy in der Hand und rief die Polizeiwache in Werne an.

»Christian, Jens hier. Ich bin im Haus von Frau Hahnemann. Tobias hat verdächtige Gestalten bemerkt, die um das Haus schleichen. Schick mir mal Verstärkung, aber ohne Blaulicht und Sirene. Sichert bitte den Gartenausgang und die Haustür. Und zwei Beamte sollen zur Kellertür kommen und das Ganze möglichst schnell.«

Dann schickte Jens Wischkamp Mutter und Sohn nach oben.

»Bitte gehen Sie ganz leise nach oben. Tobias, dein Zimmer geht zur Straße raus, oder?«

Der Junge nickte.

»Gut, dann geht da rein und schließt die Tür von innen ab. Ich sichere zunächst hier die Hintertür. Ich glaube nicht, dass Einbrecher am hellen Tag von vorn in das Haus eindringen. Die Beamten aus Werne müssen jeden Moment da sein, dann schnappen wir uns die Kerle.«

In letzter Zeit hatte es in Werne und Umgebung viele Tageseinbrüche in Einfamilienhäuser gegeben. Die Vorgehensweise der beiden Unbekannten erschien Jens deshalb in keiner Weise verdächtig. Sie hatten versucht herauszufinden, ob sich jemand im Haus befand. Jetzt würden sie vermutlich die Kellertür aufbrechen, um so in das Haus zu gelangen. Bevor nicht die Verstärkung da war, wollte Jens sich aber zurückhalten. Er zog seine Waffe und schlich langsam die Kellertreppe hinauf. Nach oben konnte er die Einbrecher auf jeden Fall nicht lassen. Deshalb bewachte er die Treppe, die der einzige Zugang von unten in das Wohnhaus war. Er hörte, wie sich jemand am Schloss der Kellertür zu schaffen machte. Dann ging die Tür auf. Zwei Männer betraten den Kellerflur, machten aber überhaupt keine Anstalten, nach oben zu gehen.

Vielmehr begannen sie damit, systematisch jeden einzelnen Keller zu untersuchen. Dabei unterhielten sie sich in einer Sprache, die Jens nicht zuordnen konnte. Vermutlich osteuropäisch, dachte er. Jetzt betraten die Männer den Keller, in dem Tobias vorhin die Waffe gefunden hatte. Er durfte auf keinen Fall zulassen, dass sie diese Waffe in die Hand bekamen. Noch war nicht klar, ob sie geladen war und damit erhöhte sich das Risiko für Jens Wischkamp deutlich. In diesem Augenblick öffnete sich vorsichtig die Kellertür ein weiteres Mal. Mit gezogener Waffe erschien ein uniformierter Polizist in Jens Gesichtskreis. Der atmet erleichtert auf, nickte dem Beamten zu und deutete auf den Keller rechts von ihm. Außerdem signalisierte er, dass die Einbrecher zu zweit waren. Ein weiterer Beamter erschien durch die Hintertür. Jetzt waren sie zu dritt und damit den Eindringlingen auch zahlenmäßig überlegen. Außerdem hatten sie den Überraschungseffekt auf ihrer Seite. Bevor die beiden Einbrecher die Chance zur Reaktion hatten, lagen sie bereits mit dem Gesicht nach unten auf dem Boden und wurden mit Handfesseln fixiert. Jens durchsuchte sie und als er die Ausweise fand, pfiff er leicht durch die Zähne.

»Sieh mal an. Zwei rumänische Staatsbürger. Ich glaube, wir haben es hier nicht mit normalen Einbrechern zu tun.«

Sein Kollege Christian Wörner von der Werner Polizei sah ihn fragend an.

»Na, überleg mal. Da haben wir den Mord an Michael Weber. Dringend tatverdächtig und inzwischen verhaftet und auf dem Weg nach Unna ist der zwielichtige rumänische Millionär Theodore Romanescu. In dessen Villa soll Weber vor Jahren eingebrochen sein. Und jetzt tauchen zwei Rumänen bei der ehemaligen Lebensgefährtin von Weber auf und brechen hier ein. Was denkst du, haben die gesucht? Vermutlich doch die Beute aus dem damaligen Einbruch, der allerdings laut Romanescu ja nie stattgefunden hatte. Vermutlich hat Weber während der Folter zugegeben, etwas bei seiner Freundin versteckt zu haben. Und diese beiden Jungs hatten den Auftrag, das wiederzubeschaffen. Egal, was Weber damals geklaut hat, ich denke, wir werden es in diesem Keller finden. Ich rufe die Spurensicherung an, die sollen den Keller auf links drehen. Bringt ihr die beiden erst mal ins Gewahrsam, mit denen beschäftige ich mich später.«

Jens Wischkamp ging nach oben und klopfte an Tobias Zimmertür.

»Frau Hahnemann, Sie können jetzt rauskommen. Wir haben die beiden Männer festgenommen.«

Vorsichtig öffnete Tobias die Tür, seine Mutter hinter sich haltend. Jens klopfte ihm auf die Schulter.

»Gut aufgepasst, Tobias. Frau Hahnemann, ich rufe jetzt die Kollegen von der Spurensicherung an. Die werden den Keller genau unter die Lupe nehmen. Ich bin sicher, Weber hatte hier irgendwas versteckt, was die beiden Kerle jetzt holen sollten. Ich bleibe hier, bis die Kollegen da sind. Dann werde ich mich mit unseren vermeintlichen Einbrechern beschäftigen.«

»Und wann machen wir die Gegenüberstellung?«, fragte Tobias, der sich inzwischen wieder gefasst hatte und überhaupt nicht mehr ängstlich wirkte.

»Sobald der Verdächtige in Unna eingetroffen ist. Ich lasse dich dann abholen.«

Eine knappe halbe Stunde später waren die Mitarbeiter der Kriminaltechnik in Werne eingetroffen. Vorsichtig tüteten sie die Waffe ein. Eine ballistische Untersuchung würde an den Tag bringen, ob diese Waffe bereits einmal bei einem Verbrechen verwendet worden war. Wenig später rief einer der Beamten nach Kommissar Wischkamp. Als der den Kopf durch die Kellertür steckte, wurde er mit dem Ausruf »Jackpot« empfangen.

»Schau mal, was wir unter dem Werkzeug und der Waffe noch in diesem alten Koffer gefunden haben.«

Vor Jens lagen eine große Menge Geldbündel.

»Geschätzt sind das ein paar Hunderttausend Euro, Jens. Ich denke, danach haben die Einbrecher gesucht. Woher hatte der Kerl denn so viel Geld?«

»Vermutlich aus einem Einbruch, den er gemeinsam mit einem Komplizen vor Jahren begangen hat.«

»Und wieso ist er dafür nicht verknackt worden?«

»Weil der Geschädigte bestritten hat, dass bei ihm überhaupt eingebrochen und etwas gestohlen wurde.«

»Aber wer lässt sich so viel Geld klauen und erstattet dann keine Anzeige?«

»Ich denke, das macht jemand, der nicht erklären kann und will, woher das Geld stammt. Der Mann ist seit Jahren verdächtig, in Bremerhaven und Umgebung mit Schutzgelderpressungen seinen Lebensunterhalt zu bestreiten. Sein Pech, dass er das Geld unbedingt wiederhaben wollte. Dafür war ihm sogar ein Mord als Mittel recht. Gott sei Dank haben wir den Kerl bereits. Er wird gerade nach Unna überstellt. Der Geldfund bringt den Kollegen in Bremerhaven jetzt aber eine Menge Arbeit. Sie müssen herausfinden, welche Personen von diesem Romanescu erpresst worden sind und wie viel jeder Einzelne dem Verbrecher bezahlt hat. Das Geld hatten sie wahrscheinlich alle abgeschrieben. Es ist nur gerecht, wenn sie es jetzt wiederbekommen. Packt alles ein, aber seht euch auch den Rest des Kellers noch gründlich an.«

Die Kollegen versprachen, das zu tun. Allerdings sollte sich schnell herausstellen, dass sich keine weiteren Sachen von Wert in dem Kellerraum befanden. Jens machte sich auf den Weg zur Wache an der Bahnhofstraße in Werne. Er wollte den beiden Rumänen ein wenig auf den Zahn fühlen. Für ihn stand aber schon fest, dass Romanescu sie beauftragt hatte, bei Elisabeth Hahnemann nach dem Geld zu suchen. Ein paar Jahre würden die beiden für den Einbruch ganz sicher absitzen müssen.

***

In Galati in Rumänien schlug Vitali Romanescu mit der Faust auf seinen Schreibtisch. Im Augenblick ging aber auch wirklich alles schief. Nicht nur, dass man seine Männer bei dem Einbruch in das Haus dieser Betty erwischt und verhaftet hatte, auch sein Bruder saß unter Mordverdacht hinter Schloss und Riegel. Dass er sich auf seine Männer verlassen konnte, wusste er. Die würden die paar Jahre wegen eines Einbruchs in Deutschland mit links absitzen und dann zurückkommen und sich die Belohnung für ihre Loyalität abholen. Aber mit seinem Bruder sah das schon etwas anders aus. Vitali wusste, dass Theodore zwar hart gegen seine Männer und seine Konkurrenten war. Aber im Bezug auf seine eigene Person war er unberechenbar. Er würde weder Schmerzen noch andere Repressalien lange ertragen. Das Schlimmste aber war, dass Theodore nichts zu verlieren hatte. Auf Mord stand lebenslänglich. Wenn er sich also Hafterleichterungen oder andere Vorteile damit erkaufen konnte, dass er seinen Bruder ans Messer lieferte, würde er das tun.

Vitali begann darüber nachzudenken, dass er aus Rumänien verschwinden musste. Deutsche Gefängnisse waren im Vergleich mit den rumänischen Haftanstalten reinste Kurkliniken. Wenn Theodore ihn belastete, würde er auf jeden Fall in Rumänien inhaftiert. Das musste Vitali verhindern, koste es, was es wolle. Den Fluchtplan, den er für seinen Bruder ausgearbeitet hatte, konnte er genauso gut für sich selbst nutzen. Er hatte Millionen auf Konten überall in der Welt gebunkert. Für einen Neuanfang war es nie zu spät.

Hinter dem Transportunternehmen verbargen sich diverse Organisationen, bei denen es um Verschleppung junger Mädchen in die Zwangsprostitution, Kinderpornografie und Drogen- und Waffenhandel ging. Ein Millionengeschäft, das Vitali nur ungern aufgab. Aber die Alternative sah nicht gut aus. Falls sein Bruder ihn verpfiff, wartete das Hochsicherheitsgefängnis in Bukarest auf ihn. 23 Stunden am Tag eingesperrt sein mit mehr Männern in einer Zelle, als Betten vorhanden waren. Viele, die das Gefängnis verließen, waren gebrochen an Leib und Seele. Die meisten aber, die zu langjährigen Haftstrafen verurteilt wurden, überlebten das nicht. Mangelernährung, Misshandlungen und Morde unter den Insassen sorgten für eine regelmäßige Fluktuation. Vitali Romanescu verspürte nicht die geringste Lust dazu, sich in die Reihe dieser Unglückseligen einreihen zu lassen.

Zielsicher und organisiert begann er damit, seine Flucht zu planen. In weniger als 48 Stunden würde Vitali Romanescu aufgehört haben zu existieren. Egal, was sein Bruder in Deutschland aussagen würde, Vitali wollte das alles unbeschadet überstehen. Dass man seine Organisationen zerschlagen und seine Männer inhaftieren würde, war ein Verlust, den er hinzunehmen hatte. Zuvor musste er jedoch noch ein Telefonat nach Deutschland führen.

»Guten Tag, Herr Dr. Bergmann. Hier spricht Vitali Romanescu. Ja, ich weiß, dass mein Bruder unter Mordverdacht verhaftet wurde. Ich habe einen sehr speziellen Auftrag für Sie. Sie werden dafür sorgen, dass mein Bruder in Haft bleibt. Aber er wird keinerlei Aussagen machen innerhalb der nächsten 48 Stunden. Was danach mit ihm passiert, interessiert mich nicht mehr. Sorgen Sie einfach dafür, dass er die nächsten zwei Tage den Mund hält. Danach legen Sie Ihr Mandat nieder. Als Entschädigung für Ihre Aufwendungen lasse ich Ihnen ein Honorar von 50.000 Euro anweisen. Ich denke, das dürfte reichen.«

»Aber Herr Romanescu, ich bin der Anwalt Ihres Bruders. Ich muss dafür sorgen, dass er frei kommt oder zumindest bei einem Gerichtsverfahren freigesprochen wird.«

»Herr Dr. Bergmann, vergessen Sie bitte nicht, wer Sie in den letzten Jahren bezahlt hat. Und denken Sie doch auch bitte gleich noch einmal daran, wie viele Mädchen ich Ihnen kostenlos zur Verfügung gestellt habe. Ich habe darüber peinlich genau Buch geführt, auch über die teilweise extrem überhöhten Honorare. Ich glaube nicht, dass Sie möchten, dass ich diese Unterlagen der deutschen Anwaltskammer zur Verfügung stelle, oder?«

Am anderen Ende der Leitung blieb es eine Weile still. Dr. Bergmann wusste genau, dass er sich eine Reihe von Verfehlungen hatte zuschulden kommen lassen, die ihm ein Berufsverbot und sogar einige Jahre Gefängnis einbringen konnten. Er war Vitali Romanescu auf Gedeih und Verderb ausgeliefert.

»Ich werde alles so handhaben, wie Sie es wünschen, Herr Romanescu.«

Damit war das Gespräch beendet. Vitali grinste. Dr. Bergmann würde ihm genau die Zeit verschaffen, die er brauchte, um unterzutauchen. Schade um Theodore, aber auf dessen Befindlichkeit konnte Vitali jetzt keine Rücksicht nehmen. Rücksicht war ohnehin ein Fremdwort für ihn. Nur durch Härte und Entschlossenheit hatte er es so weit gebracht. Das würde er sich von seinem Bruder mit Sicherheit nicht zerstören lassen.

***

Theodore Romanescu hatte noch kurz mit seinem Anwalt gesprochen, bevor er in den Gefangenentransport nach Werne verladen wurde. Dr. Bergmann hatte ihm eingeschärft, sich nicht zur Sache zu äußern.

»Ich habe ein paar sehr dringende Mandantenaufgaben hier in Bremerhaven zu erledigen, unter anderem auch für Ihren Herrn Bruder. In spätestens zwei Tagen komme ich nach Unna und wir besprechen das weitere Vorgehen. So lange werden Sie es in der Untersuchungshaft leider aushalten müssen.«

Theodore hatte zwar die Stirn gerunzelt, aber genickt. Wenn sein Bruder Dr. Bergmann brauchte, musste er eben warten. Vielleicht ging es schon um seine Befreiung. Ein wenig Geduld war also angebracht.

In Unna wurde Theodore Romanescu direkt in das Vernehmungszimmer geführt, in dem Kommissar Wischkamp bereits auf ihn wartete.

»Wir kennen uns ja bereits, Herr Romanescu, und jetzt sind Sie absolut in meinem Zuständigkeitsbereich. Über Ihre Rechte wurden Sie bereits umfassend aufgeklärt. Ich möchte Sie jetzt mit den Beweismitteln bekannt machen, die wir gegen Sie in der Hand haben. Die Hundebisse, die zum Foltern von Michael Weber eingesetzt wurden, stammen eindeutig von Ihrem Staffordshire Terrier. In diesem Zusammenhang muss ich Ihnen leider mitteilen, dass Ihr Hund inzwischen eingeschläfert wurde.«

Romanescu starrte den Kommissar mit unverhohlener Wut an.

»Dazu haben Sie kein Recht. Das ist mein Hund.«

»Den Sie als Waffe und Folterinstrument missbraucht haben. Wir haben sehr wohl das Recht, die Menschen vor so einem gefährlichen Geschöpf zu schützen. Neben dem Mord an Michael Weber haben Sie also auch Ihren eigenen Hund auf dem Gewissen.«

Der Rumäne dachte an die Worte seines Anwalts, versuchte, sich wieder zu beruhigen, und lehnte sich zurück. Mit emotionsloser Stimmer und einem verächtlichen Lächeln in den Mundwinkeln sagte er:

»Nun, dann ist es eben so. Aber, Herr Kommissar, ohne meinen Anwalt werde ich kein weiteres Wort mit Ihnen reden. Und dazu können Sie mich auch nicht zwingen. Wie mir Dr. Bergmann mitteilte, wird er in spätestens zwei Tagen hier sein und für meine Freilassung sorgen. Bis dahin dürfen Sie mich gern in eine Zelle bringen.«

Jens nickte.

»Das werde ich, Herr Romanescu. Aber erst, nachdem ich die versprochene Gegenüberstellung vorgenommen habe. Und damit keine Unklarheiten aufkommen: Ich habe für die Gegenüberstellung einen Gerichtsbeschluss. Sie sind dazu verpflichtet, daran teilzunehmen. Ich schicke jetzt gleich in paar Kollegen rein, die Ihnen zumindest von Statur und Haarfarbe her ein wenig ähnlich sehen. Jeder von ihnen wird eine Tafel mit einer Nummer vor sich halten. Die ganze Sache ist in wenigen Augenblicken vorbei. Und dann bringe ich Sie gern persönlich in Ihre Zelle.«

Romanescu überlegte fieberhaft, wie er sich dieser Maßnahme entziehen könnte, aber ohne seinen Anwalt fehlten ihm dazu die Argumente. Also nickte er und sah den Kommissar auffordernd an.

»Bringen wir es hinter uns. Ich bin müde und würde gerne ein wenig schlafen.«

Jens hatte Tobias Hahnemann bereits vor etwa einer Stunde von Werne nach Unna holen lassen. Als seine Kollegen hereinkamen, Theodore Romanescu das Schild mit der Nummer 3 in die Hand drückten und ihn zwischen sich platzierten, verließ der den Raum und ging hinüber zu Tobias, der hinter einer großen verspiegelten Glasscheibe aufgeregt von einem Fuß auf den anderen trat.

»Bereit?«, fragte Jens. Tobias nickte.

»Gut. Hinter der Scheibe stehen fünf Männer. Schau sie dir in aller Ruhe an. Wenn du dir sicher bist, den Mann, der dich damals angesprochen hat, zu erkennen, sagst du mir die Nummer. Aber tu das nur, wenn du dir ganz sicher bist. Es kann sein, dass du in einer Gerichtsverhandlung als Zeuge aussagen musst. Der Verteidiger wird dich dann gehörig in die Mangel nehmen, um dich zu verunsichern. Du darfst also nicht den geringsten Zweifel haben, dass du den Mann wiedererkennst. Wenn du das nicht eindeutig bestätigen kannst, dann sag es einfach. Wir überführen ihn sowieso, auch ohne deine Aussage. Hast du das verstanden?«

Wieder nickte Tobias. Er war aufgeregt, seine Hände waren feucht. Da drüben, auf der anderen Seite der Scheibe, stand ein Mörder. So etwas erlebte man schließlich nicht jeden Tag. Auch, wenn er insgeheim immer noch froh war, dass der Kerl aus ihrem Haus verschwunden war, Tobias war sich inzwischen ganz sicher, einen so schrecklichen Tod hatte niemand verdient. Wer auch immer dafür verantwortlich war, gehörte bestraft. Bevor seine Gedanken noch weiter abschweifen konnten, legte Jens Wischkamp einen kleinen Schalter um. Tobias konnte nun durch die Glasscheibe hindurch genau in das Vernehmungszimmer sehen. Fünf Männer standen dort. Alle waren in etwa gleich groß und hatten schwarze Haare. Die Größe nutzte Tobias aber gar nichts, der Mann hatte schließlich in einem Auto gesessen. Trotzdem erkannte er das markante Gesicht auf den ersten Blick. Mit fester Stimme sagte er:

»Es ist die Nummer 3 und ich bin mir ganz sicher. Das ist der Mann, der mich nach dem Hundeverein und dem Trainingsplatz ausgefragt hat.«

Jens klopfte kurz an die Scheibe. Ein uniformierter Beamter, der zur Sicherheit an der Seite gestanden hatte, legte Theodore Romanescu sofort wieder Handfesseln an. Die anderen Männer verließen den Raum. Jens verabschiedete sich von Tobias, der wieder mit einem Polizeiwagen nach Hause gebracht wurde. Er selbst nahm Romanescu in Empfang und brachte ihn in den Zellentrakt. Er wollte am nächsten Tag noch einmal sein Glück versuchen. Vielleicht machte eine Nacht in der Zelle den Rumänen gesprächiger. Über das Ergebnis der Gegenüberstellung ließ er ihn zunächst im Unklaren, obwohl Theodore Romanescu sofort danach fragte.

»Darüber reden wir morgen, Herr Romanescu. Jetzt habe ich Wichtigeres zu tun.«

***

Ein sichtlich zufrieden grinsender Kommissar Wischkamp betrat am nächsten Morgen das Vernehmungszimmer. Theodore Romanescu zog eine Augenbraue hoch, als er das fröhliche Gesicht sah, sagte aber zunächst nichts. Jens setzte sich hin, einen geschlossenen Aktendeckel vor sich auf dem Tisch.

»Guten Morgen, Herr Romanescu. Vielleicht erst einmal das Wichtigste vorab. Sie werden sich nach einem neuen Rechtsbeistand umsehen müssen. Ich habe heute früh in der Kanzlei von Dr. Bergmann in Bremerhaven angerufen. Ihr Anwalt ist auf unbestimmte Zeit abwesend. Ein Schreiben, mit dem er sein Mandat niederlegt aufgrund von Interessenskonflikten, ist bereits fertig. Ich habe mir – Ihr Einverständnis vorausgesetzt – für Sie eine entsprechende Kopie hierher faxen lassen.«

Damit öffnete Jens den Aktendeckel und schob Romanescu einen Briefbogen hin, in dem Herr Dr. Bergmann seinem Mandanten tatsächlich mitteilte, dass er das Mandat niederlegen müsse, da er auch dessen Bruder Vitali Romanescu vertrete. Er wünschte seinem Mandanten für die Zukunft alles Gute.

Theodore war blass geworden. Was hatte das zu bedeuten? Steckte sein Bruder dahinter? Wollte er ihn in einem deutschen Gefängnis versauern lassen, während er selbst seine Schäfchen mithilfe von Dr. Bergmann ins Trockene brachte?

Jens Wischkamp sah förmlich, wie es hinter der Stirn von Theodore Romanescu arbeitete.

»Sie hatten auf die Hilfe Ihres Bruders gehofft, nicht wahr, Herr Romanescu? Und jetzt sieht alles danach aus, als habe Ihr Bruder Sie fallengelassen. Er nimmt Ihnen sogar Ihren Rechtsanwalt weg. Es sieht so aus, als wären Sie jetzt vollständig auf sich allein gestellt. Möchten Sie, dass wir Ihnen von Amts wegen einen Pflichtverteidiger besorgen?«

Romanescu atmete tief durch, dann schüttelte er den Kopf.

»Später vielleicht, Herr Kommissar. Ich muss das erst einmal verdauen. Ich hätte nie gedacht, dass mein Bruder mich so hängen lässt. Aber was er kann, kann ich schon lange. Ich will einen Deal.«

»Einen Deal? Bei Mord? Ich denke, das können Sie im Ansatz vergessen, Herr Romanescu. Auf Mord steht lebenslänglich.«

»Das ist mir durchaus bekannt, Herr Kommissar. Ich weiß aber auch, dass Gefangene mit einer ausländischen Staatsbürgerschaft nicht selten in die Heimat abgeschoben werden, um dort den Rest ihrer Strafe zu verbüßen. Alles, was ich will, ist die Zusicherung, dass ich bis zum Ablauf meiner Haftstrafe in einem deutschen Gefängnis bleiben werde. Und na ja, so ein paar Hafterleichterungen wäre natürlich auch schön.«

»Denken Sie wirklich, Sie sind in der Position, hier Bedingungen zu stellen? Wir haben die Tatsache, dass Sie mit Ihrem Hund Michael Weber gefoltert haben, hieb- und stichfest bewiesen. Die Gegenüberstellung gestern war ebenfalls eindeutig. Sie waren um den Tatzeitpunkt herum in Werne. Damit sprechen alle Indizien klar gegen Sie. Man wird Sie wegen Mordes an Michael Weber zu lebenslanger Haft verurteilen und dann so schnell wie möglich abschieben nach Rumänien. Die Gefängnisse dort sollen ja nicht sehr komfortabel sein.«

»Ich denke trotzdem, Herr Kommissar, dass ich sowohl Ihnen als auch den rumänischen Behörden etwas anzubieten habe. Aber bevor ich auspacke, will ich von der Staatsanwaltschaft die Bestätigung, dass ich meinen Deal bekomme. Vorher sage ich kein einziges Wort.«

Jens erhob sich. Er hatte natürlich nicht vergessen, dass Johann Willms von der Kripo in Bremerhaven ebenfalls noch ein Hühnchen mit Romanescu zu rupfen hatte. Da ging es zumindest mal um Schutzgelderpressung. Aber wenn Romanescu auch von den rumänischen Behörden sprach, war er vielleicht gewillt, gegen seinen Bruder auszusagen. Er war froh, dass er die Entscheidung nicht treffen musste, und rief bei der Staatsanwaltschaft in Dortmund an. Staatsanwältin Herboldt, mit der Jens bereits des öfteren zusammengearbeitet hatte, hörte sich an, was der Kommissar aus Unna ihr zu erzählen hatte.

»Ich denke, Herr Wischkamp, wenn er uns wirklich handfestes Material liefert, können wir über einen Deal reden. Dass er seine Strafe in einem deutschen Gefängnis absitzt, dürfte dabei nicht das größte Problem sein. Was er sich allerdings unter Hafterleichterungen vorstellt, das muss man erst noch sehen. Am Besten, ich komme rüber und wir machen die nächste Vernehmung gemeinsam. Dann kann ich auch vor Ort entscheiden, ob seine Vorstellungen – gemessen an den gelieferten Informationen – realistisch und durchsetzbar sind. Signalisieren Sie ihm jedenfalls erst einmal die Bereitschaft der Staatsanwaltschaft, mit ihm über einen Deal zu reden. Dann kann er sich schon einmal ein paar Gedanken machen, was er denn so aussagen möchte.«

»Ich würde auch gerne Kommissar Willms von der Kripo Bremerhaven mit hinzuziehen. Ein Teil der Verbrechen, die man Romanescu zur Last legt, fallen in seinen Zuständigkeitsbereich. Der Prozess wird ihm mit Sicherheit hier gemacht, aber ich denke, Willms hat ein berechtigtes Interesse daran, an den Vorbereitungen teilzunehmen. Außerdem verschafft ihm das die Gelegenheit, die noch vorhandenen Reste von Romanescus Bande auszuheben und ebenfalls vor Gericht zu bringen.«

Staatsanwältin Herboldt erklärte sich einverstanden und so vereinbarten Sie einen Termin am nächsten Nachmittag. Jens setzte sofort Johann Willms in Kenntnis, der versprach, pünktlich da zu sein.

***

Die Vernehmung von Theodore Romanescu hatte bis in die Abendstunden hinein gedauert. Inzwischen waren die rumänischen Justizbehörden über Interpol informiert worden, an welchen Verbrechen der Bruder Vitali Romanescu beteiligt sein sollte. Theodore Romanescu hatte genügend Beweismaterial gegen seinen Bruder im Safe seiner Villa gesammelt. Wenn man ihn erwischen konnte, würden sich für Vitali die Bukarester Gefängnistüren für eine sehr lange Zeit nicht wieder öffnen. Die Zugeständnisse, die Theodore für seine Aussage verlangte, waren relativ gering. Er wollte seine Strafe in Deutschland absitzen und in einer Einzelzelle mit Fernseher und ein paar Komfortgegenständen wie Computer, Kaffeemaschine und Ähnlichem untergebracht werden. Außerdem bat er darum, sich seine Beschäftigung in der Haftanstalt selbst aussuchen zu dürfen. Die Bitte um einen uneingeschränkten Internetzugang lehnte Staatsanwältin Herboldt jedoch rundheraus ab. Darüber können wir vielleicht in ein paar Jahren bei guter Führung reden, hatte sie gesagt und Romanescu hatte sich gefügt. Für Jens war der Fall abgeschlossen und er freute sich jetzt auf ein paar freie Tage, die er mit seiner Familie verbringen wollte. Am Sonntag war auf dem Hundeplatz Prüfungstermin. Sowohl ihr eigener Hund Samy als auch Elvis, der Staffordshire Terrier von Tobias Hahnemann, sollten ihre Begleithundeprüfung ablegen. Silvie war furchtbar aufgeregt und hatte große Angst, dass der Hund die Prüfung nicht bestehen würde.

»Liebes, mach dir nicht so viele Gedanken«, sagte Jens deshalb am Sonntagmorgen zu ihr. »Samy macht das schon. Er hat doch so viel gelernt. Und wenn es tatsächlich nicht klappt, dann wiederholt ihr die Prüfung eben in ein paar Wochen.«

Silvie Wischkamp nickte.

»Du hast ja recht. Aber es wäre schon toll, wenn wir es auf Anhieb schaffen würden. Dann kann ich nämlich ab sofort bei den Fortgeschrittenen mittrainieren. Das macht bestimmt viel Spaß, weil Samy ja dann noch ganz andere Dinge lernen kann.«

Der Sonntag kam und die Prüfung verlief relativ unkompliziert. Samy war bei der Ablage einmal aufgestanden, hatte aber seinen Platz nicht verlassen. Auch Elvis hatte alle Übungen mit einer großen Gelassenheit hinter sich gebracht. Jetzt standen Silvie und Tobias auf der Wiese und warteten darauf, dass die Prüfungsergebnisse verlesen wurden. Insgesamt hatten vier Hunde die Begleithundeprüfung absolviert. Die ersten Beiden waren bereits genannt worden. Sie hatten mit der Note »gut« bestanden. Dann erhob Barbara Ohlig wieder ihre Stimme:

»Mit 96 von 110 Punkten und der Note »gut plus« bestanden hat Samy. Und Elvis«, dabei sah sie Tobias, der vor Nervosität gar nicht mehr ruhig stehen konnte, «ja, Elvis hat die Begleithundeprüfung mit 107 von 110 möglichen Punkten und damit mit der Note »Sehr gut« bestanden.«

Tobias Hahnemann konnte sein Glück gar nicht fassen. Am Ende war nun doch noch alles gut geworden. Auf der Terrasse saß seine Mutter und winkte ihm anerkennend zu. Neben ihr saß sein Onkel Walter, der extra aus Hamburg hierher gekommen war, um sich die Prüfung von Elvis anzuschauen.

Auch Silvie Wischkamp freute sich. Samy hatte ein dickes Stück Fleischwurst zur Belohnung bekommen. Anna tobte derweil über die Terrasse und unterhielt alle anwesenden Gäste mit ihren drolligen Aussprüchen. Jens trat zu seiner Frau und legte ihr den Arm um die Schultern. Dann tätschelte er Samy den Kopf.

»So sieht also ein geprüfter Begleithund aus. Du hattest recht, Liebes, so ein Hund in der Familie ist echt etwas Schönes. Das ist auch für das Kind sicher sehr gut.«

»Oder für die Kinder?«, lächelte Silvie ihn an. Jens zog erstaunt die Augenbrauen hoch und sie nickte.

»Ich bin in der sechsten Woche, ich weiß es seit Freitag. Aber ich dachte, heute ist eine gute Gelegenheit, es dir zu sagen.«

Jens zog sie in seine Arme und seufzte.

»Da werden wir uns jetzt aber nach einem größeren Haus umsehen müssen, meinst du nicht auch?«

»Ja, das sollten wir. Aber damit haben wir ja noch Zeit. Jetzt lass uns diesen schönen Sonntag genießen, an dem wir endlich einmal wieder Zeit für uns haben.«

ENDE

Renate Behr wurde 1954 in Bochum-Wattenscheid geboren. Schon von frühester Jugend an gehörten Geschichte, Literatur und das Schreiben zu den bevorzugten Hobbys der gelernten Reiseverkehrskauffrau. Aus dem Hobby „Schreiben" ist inzwischen ein Beruf geworden. Seit 2007 wurden von der im südlichen Münsterland wohnenden Autorin verschiedene Romane aus unterschiedlichen Genres veröffentlicht. Bekannt geworden ist Renate Behr mit der Werne-Krimi-Reihe, von der bisher acht Bände erschienen sind.

Von 2015 an bei Brighton®
Neuauflage und Neuerscheinungen
der Werne-Krimi-Reihe

Band 1: silvias flucht
ISBN 978-3-95876-001-1

Band 2: cristal blue
ISBN 978-3-95876-004-2

Band 3: auf herz und nieren
ISBN 978-3-95876-005-9

Band 4: anonymus@
ISBN 978-3-95876-006-6

Band 5: blind date
ISBN 978-3-95876-007-3

Band 6: mörderisches sim-jü
ISBN 978-3-95876-008-0

Band 7: nichts als blauer dunst
ISBN 978-3-95876-002-8

Der Familienbetrieb

... hat es sich zur Aufgabe gemacht, Bücher und Filme zu veröffentlichen, die eventuell von großen Verlagen oder dem Mainstream nicht erkannt werden. Besonders wichtig ist uns bei der Auswahl unserer Autoren und deren Werke: Wir bieten Ihnen keine Bücher oder Filme an, die zu Tausenden an jeder Ecke zu finden sind, sondern ausgewählte Kunst, deren Wert in ihrer Einzigartigkeit liegt und die damit – in unseren Augen – für sich selbst sprechen. Wir sind davon überzeugt, dass Bücher und Filme bereichernd sind, wenn sie Ihnen Vergnügen bereiten. Es ist allerdings unbezahlbar, wenn sie Ihnen helfen, die Welt anders zu sehen als zuvor.

Der Brighton Verlag® sucht und bietet das Besondere – lesen Sie selbst und Sie werden sehen ...

Ihr Brighton® Team

Sonja Heckmann
Geschäftsführung des Verlages · she@online.de

Jasmin N. Weidner
Assistenz Geschäftsführung · Social Media Manager & Leitung PR
brighton@jasminweidner.com

Anne Merker
Sekretariat Brighton® Group · info@brightonverlag.com

Ernst Trümpelmann
Satz, Buch- & Covergestaltung · ernst.truempelmann@t-online.de

Team Graphikdesign & Illustrationen:
Sabine Kosmin · *sabine.kosmin@web.de · www.sabine-kosmin.de/coverdesign*
Sabrina Kuhls · *sabrina.kuhls@freenet.de · www.pinselwichtel.de*
Viktoria Petkau · *info@gedankengruen.com · www.gedankengruen.com*
Lydia Pollakowski · *lydia.pollakowski.art@web.de*
Natalie Walden · *info@waldendesign.it*
Tamara Wessner · *TamiWessner@gmx.at*

Katharina Rickmann
Leitung Lektorat & Werbetexte · K.Rickmann.liest@gmx.de
Eva Lang, Tess Herzog, Tara R., HST
Lektorat und Textererstellung · info@brightonverlag.com